Verrückt, wahnsinnig und total durchgeknallt!

Oh, Johnny

Ein Psychothriller von

Joel Müseler

© 2016
Joel Müseler
joel.mueseler@gmail.com

Alle Rechte vorbehalten

Unzensierte Ausgabe
1. Auflage Februar 2016
2. Auflage Mai 2017
Umschlaggestaltung: Joel Müseler
Satz: Joel Müseler
Herstellung und Verlag:
BoD-Books on Demand, Norderstedt
ISBN 978-3-739-24893-6

Weitere Projekte auf www.joelmueseler.de

Ich danke ... mir selbst ...

Wenn die lieben Leser diese Danksagung tatsächlich lesen und nun meinen, ich hätte zu dick aufgetragen, möchte ich mich an dieser Stelle noch einmal dafür selber loben, dass ich mich noch nie in diesem Ausmaß selbst gelobt habe. Und wenn Eigenlob stinken würde, haben Sie gerade die übelriechendste Buchseite der Welt aufgeschlagen.

Ps. Ein paar persönliche Nebenrollen sollten evtl. doch noch angesprochen werden: Als *Oh, Johnny* noch ein Baby von weniger als zwei, drei Seiten war, hat mich ein besonderer Mensch zum Weiterschreiben ermutigt. Ohne diesen Menschen wäre ich vielleicht nie Autor geworden. Der Dank dafür ist – neben oder noch vor dem an den Autor – unbeschreiblich. Ein großer Dank gilt auch zwei meiner besten Freunde und Kritikern (fühlt Euch angesprochen) für gute Tipps und immerwährend gnadenlose Offenheit. Danke dir, mir, euch beiden und dem ganzen Rest sowieso. Der Weltfrieden lebe hoch.

Akt 1

Wenn der Traumgeist stirbt,
stirbt man dann nicht selbst,
um nochmal lebend aufzuwachen
und erneut zu sterben?

TICKS

Es war einmal ... vor langer Zeit ... ein Auge ... das juckte. Abwechselnd kratzte er seinen linken Tränensack und das rechte Ei, bis seine geteilte Aufmerksamkeit wieder das Vorstellungsgespräch erreichte.

„Nein ... nein, nein, nein, wir brauchen Sie wirklich nicht!" Ihr Entschluss stand fest. Er fing an, sie zu nerven. Der Auftritt eines Wahnsinnigen, dicht gefolgt von großem Ekel, ließen eine Lüge auch über die entzückendsten Lippen gleiten.

„Die Stelle ist schon vergeben." John trug seinen dunkelgrünen Strickpullover. Ein weißer Kragen quetschte sich daraus hervor – vermutlich Second Hand. Bei jedem Vorstellungsgespräch trug er das Gleiche. Nur mit den Poloshirts wechselte er sich hin und wieder ab. Er besaß zwei. Seine Haare waren abstoßend. John schwitzte schnell. Schweiß und Fett bildeten sofort einen glänzenden Film auf seiner ungekämmten Frisur. Überall hielten die Leute Abstand von John. Dabei bemühte er sich lediglich, einen Job zu finden.

„Sie haben also schon jemanden eingestellt? Mir wurde erzählt, dass ich der *erste* Bewerber war, und den *ersten* Termin bekommen habe." John sprach seinen Satz mit einem misstrauischen Tonfall aus. Und sie erwiderte nur: „Die Stelle ist schon vergeben." *Vergeben, vergeben, Sie sind nicht gut genug, wir suchen jemand anderen, immer das Gleiche,* dachte sich John. Seine trockenen Lippen hingen an den Seiten herunter und bildeten einen beleidigten Bogen. Er hatte ein juckendes Stechen in den Augen, welches in unangenehmen Lebenslagen immer unerträglich wurde. Daher rieb er sich krampfhaft sein linkes Auge, auch in Situationen, in welchen er sehr klar bei Verstand war. Immer wieder rieb er sich das linke Auge mit der rechten Hand.

„Auf Wiedersehen Herr Stephom."

>> „Tschüss." <<

Tapp … Tapp … Tapp, tapp, tapp. Wieder rieb sich John sein linkes Auge. Die wunde Haut leuchtete sonst immer erst nach dem üblichen Anfall beim Mittagessen hell rot – zwei verkohlte Toasts mit Butter bestrichen und einem Glas scharfem Senf, welcher als Dipp herhalten musste. John hatte eine abartige Vorstellung von einem guten Speiseplan. Dieses Mal war es noch Vormittag.

„Stufen rauf, Stufen wieder runter." Er spuckte sich, wie so oft während seinen Selbstgesprächen, in seinen feuchten Kragen. Das gläserne Büro musste schließlich im 19. Stock des 20 stöckigen Callcenters thronen.

Aufzüge außer Betrieb. Für jeden Stock, den John hinter sich brachte, wurde er von den gleichen, breiten Schildern an den Aufzugstüren verspottet. Die Schilder leuchteten alle in einem kräftigeren Rotton als sein Auge, welches inzwischen stark gereizt war. Die fett gedruckten Buchstaben sollten für *jeden* Arbeiter in *jedem* Stock *eines* ganz deutlich machen.

Aufzüge außer Betrieb. Die Treppen waren John schon sympathischer, als er das Schild zum ersten Mal im Erdgeschoss wahrgenommen hatte. Fünfundzwanzig Stockwerke später könnte er gut darauf verzichten, die Beschriftung immer wieder auf ein Neues zu lesen.

Aufzüge außer Betrieb. Eigentlich klebte das Schild aus dem selben Grund an den Aufzugstüren fest, aus dem er die Treppen erst erklimmen musste. Das in die Wolken ragende Gebäude, mit den sechs, stets auf Hochglanz polierten Glasfronten, benötigte einen neuen Hausmeister. John hätte die Aufzüge vom 20. Stock aus reparieren können, nun spielte er mit dem Gedanken, von dort herunter zu springen. *Nein ... Nein, nein.* Die Treppen waren ihm sowieso sympathischer.

Neunter Stock. Die Hälfte des Rückwegs oder auch schon ein Drittel des gesamten Marsches lagen nun hinter John. Auch das Gehänge der ausländischen Fensterputzerin sowie das tragende Gerüst wippten nun wieder über seinem Kopf fröhlich hin und her. Das Treppengerüst war aus edlem Metall und die Stufen aus weißem Marmor. Beim hinunter trampeln stach die Sonne durch die riesigen Fenster in Johns linkes Auge, welches immer roter zu werden schien. Sie blendete ihn. Und obwohl sich die Sonnenstrahlen an diesem wunderschönen Tag auf der Haut wie mehrere Fetzen Schleifpapier rieben, linsten nur noch die Augen aus den Klamotten der stark bedeckten Fensterputzerin. Sie freute sich, dass sie sehen durfte.

Achter Stock. John wunderte sich. Seine Füße brannten von den unzähligen Stufen, die er seit dem Betreten dieses Gebäudes gehen musste. Doch die Ausländerin wischte allem Anschein nach immer noch die gleiche Stelle der Glasverkleidung, wie bei seiner Ankunft. Und das Glas glänzte. Das Glas musste glänzen.

>> Klirr. <<

Ein durch Scherben aufgespießtes Gesicht brach mit voller Wucht durch das Fenster unmittelbar in Johns Sichtfeld. Rasend zog sich das blutige Geschehen vor seinen Augen ab. Sein Körper verfiel in Millisekunden in einen lähmenden Zustand – zu einem kleineren Teil hervorgerufen durch sein Entsetzen und zu einem größeren Teil hervorgerufen durch seine Faszination von Horrorszenarien. Etwas langsamer wie die Fensterputzerin hereingestürmt kam, zog sie ihr gewichtiger Körper und der, noch am Gerüst befestigte Sicherheitsgurt, in den Abgrund. Dort erklang ein lautes, metallisches Hallen, welches nach ihr zu schreien schien. Nach Rettung ringend, hinterließen ihre Nägel auf dem harten Boden des Treppengeländers schrille Geräusche, die an quietschende Kreide auf einer Tafel erinnerten. Durch den Versuch, sich dort festzukrallen, würden ihre Hände diese Höllenfahrt nicht mehr aufhalten können. John war immer noch wie erstarrt. Wäre er nicht so erpicht darauf gewesen, ein Zuschauer zu sein, hätte er der Frau eine seiner zwei knochigen Hände reichen können, um ihr Dasein noch etwas zu verlängern. *Oh, Johnny.*

Er beobachtete, wie die Innereien der Ausländerin nichtsdestotrotz weiterhin Kampfgeist bewiesen. Die Frau rutschte bei ihrem Weg in die Tiefe über eine lange, standhaft gebliebene Glasscherbe am Fensterrahmen. Der stabil bleibende Glasdolch schlitzte sie vom Rumpf bis zur Brust auf. Ihr Kopf ertrank in Schmerzen, bei welchen sich jeder Mensch nur noch einen blitzschnellen Tod herbeisehnen würde. Der Wunsch wurde ihr aber nicht gewährt. Ihr Dickdarm verfing sich an der stumpfen Seite der hochragenden Scherbe und blieb ohne seinen Besitzer zurück.

Nach diesem makabreren Schauspiel von spritzendem Blut und rutschenden Gedärmen hätte John einen kurzen Moment inne halten können. Stattdessen überwältigte ihn seine Neugier und er trat zwei Schritte in Richtung des zersplitterten Fensters, um einen weiteren Blick zu erhaschen. Mit seiner rot befleckten Kaki-Hose watete er durch die schimmernde Blutpfütze und streckte dann seinen hässlichen Kopf aus dem Gebäude. Der Darm ragte blutverschmiert in die Tiefe. Das Tragegerüst war schon vor einigen Sekunden auf den Asphalt geschmettert. Die Ausländerin wollte es dem Gerüst gleichtun. Doch im Interesse von Johns gaffenden, jetzt schielenden Augen, befand sie sich noch im freien Fall. Es blieb John genug Zeit, weiter zu beobachten, bis der Darm entgegen aller Naturgesetze fünf Stockwerke abwärts kurz spannte und schließlich riss.

„Nein … nein, nein, nein, wir brauchen Profit!", brüllte Chulio den Vorsitzenden entgegen. Und obwohl er seine haarige Hand immer wieder auf den robusten Glastisch schmetterte, war kaum ein Zucken im Publikum zu sehen. Sie waren sein zu gleichen Teilen italienisches sowie spanisches Temperament gewöhnt. Und ihre angedachten Schimpfwörter behielten sie lieber für sich. Chulio war kein Mensch den man bei seiner ersten Begegnung ins Herz schließen mochte und auch nach einer längeren Bekanntschaft ließ sich kein weicher Kern vermuten. Er war ein schmieriger Geschäftsmann – aalglatt wie der Laich eines ausgewachsenen Quastenflossers. Morgens verbrachte er allem Anschein nach über eine halbe Stunde seiner wertvollen Zeit damit, nach und nach mehr Gelschichten in seine Haare zu schmieren, bis sie hart wie Plastik waren und ohne Anstalten auf seiner Kopfhaut kleben blieben. Die Benutzung seines goldenen Kammes musste ihm – bei diesem Vorgehen – jedes Mal höllische Schmerzen bereiten, was sein gespiegelter Gesichtsausdruck auf dem zwei Mal zwei Meter großen Badezimmerspiegel trotzdem nicht erahnen ließ.

Heute trug Chulio am fünften Tag in Folge seinen teuersten, maßgeschneiderten Nadelstreifenanzug. Zu diesem trug er nie ein paar seiner goldenen Manschettenknöpfe, sondern stets die Größeren aus Bernstein. Chulio war ein Macho und Angeber, daher hob er sich gerne von der grauen Menge ab. Um sich dementsprechend zu präsentieren, war sein Lieblingsanzug nach der monatlichen Reinigung anfangs samt weiß, ging aber nach jedem verstrichenen Tag in einen dunkleren Grauton über.

Chulio hatte seinen Machtposten in dieser Firma alles andere als verdient. Er hat nie um seinen Aufstieg gekämpft oder sich bemüht einen ordentlichen Abschluss zu machen. Dank seiner Blutlinie mussten sich jedoch viele gebildete Leute seiner unreifen Meinung unterwerfen. Sein Vater „Enrico Tremante" (alle nannten ihn Onkel Rick) wurde vor einiger Zeit bei einer Schießerei in einem der dunkleren Viertel nieder geschossen, hatte sich in die Luft gesprengt, wurde von hinten aufgeschlitzt oder trieb nun auf dem Grund einer der nicht allzu tiefen Seen am Rande der Stadt – die Gerüchteküche brodelte. Nur eine Hand voll Menschen wusste, oder meinte zu wissen, was in jener Nacht geschehen war. Niemand wusste genau, in welche Machenschaften sich Chulios Familie verstrickt hatte. Und niemand riskierte es, dies herauszufinden.

Als die Glasplatte unter Chulios Faust vibrierte, bewegten sich seine monoton grau und schwarz gekleideten Angestellten kaum. Genervt versuchten sie ihre Blicke nicht mit Chulios suchenden Augen zu kreuzen. Als sich seine geweiteten Pupillen auf die spiegelnde Glasfront richteten, eskalierte das kindliche Geschäftsgespräch in vollem Ausmaß. Alle Blicke richteten sich ohne jegliche Absicht auf ein einziges Motiv. Kurz bevor die unvermeidbare Panik ausbrach, erklang ein ergreifendes Splittern, gefolgt von einem dumpfen Schlag.

Der von Chulio einberufene Termin fand heute im dritten Stock statt. In dem selbigen Stock, in welchem die dicke Fensterputzerin ruckartig von ihrem freien Fall gebremst und wieder ins Gebäudeinnere gezogen wurde. War es ein starker Windstoß oder das Brechen aller Regeln der Gravitation, es spielte keine Rolle. Es passierte jetzt. Ein weiteres Mal wurde die Glasfront durch die mittlerweile leblose Ausländerin wie brüchiger Ton durchbrochen. Die zuvor erfrischenden Fensterplätze wurden durch einen metallisch duftenden Blutregen bestraft. Der rot befleckte Praktikant in der ersten Reihe fiel unbeholfen in Ohnmacht, während die Menge zum Ausgang floh. Chulio erstarrte wenige Sekunden länger, er lief einige kleine Schritte rückwärts während sich der Raum immer schneller leerte. Er fixierte das Geschehen mit angespannter Mimik. Obwohl Chulio als Einziger den Überblick behielt, ließ er den ohnmächtig gewordenen Praktikanten mit der brutal verstümmelten Leiche zurück. Da Chulio der Tür schon von Anfang an am nächsten stand, war er nicht der letzte, der hinter den Wänden verschwand. Zwei oder drei der flüchtenden Männer ließen noch ein hohes, weibliches Kreischen ertönen. Angstschreie erfüllten den Ort des Grauens über eine längere

Dauer hinweg. Die hallenden Wände transportierten die Schreie und Rufe viele Räume weiter, bis sie vom Sog der Zeit verschlungen wurden.

Verfolgte man den über fünf Stockwerke lang gespannten Darm der toten Frau von unten nach oben, konnte man immer noch den heraus linsenden Kopf von John erkennen. Seine Erwartungen wurden um ein Vielfaches übertroffen.

Der untere Hof füllte sich schneller als das blutige Geschehen selbst mit sämtlichen Angestellten der Firma. Natürlich sahen sie aus dieser Höhe wie Ameisen aus. Details konnte John also nicht erkennen. Die sich vermehrende Menge bestand hauptsächlich aus männlichen Indern und aus Frauen mit breitgefächerten Nationalitäten. Die Ausnahme bot eine kleinere Gruppe von Männern in monoton gefärbten Anzügen. Die oberen Etagen wurden erst zu einem späteren Zeitpunkt aktiv.

Es verstrich einige Zeit bis sich auch einige Leute um John versammelten, natürlich mit einem misstrauischen und – wenn sich ihre Vermutungen bestätigen würden – sicheren Abstand. Mehr Menschen, wie man vermuten würde, blickten auf einmal mit fassungsloser Miene in den selbigen Abgrund, in welchen John schon viel länger starrte. John, der von einigen Blutspritzern erfasst wurde, antwortete auf keine noch so stumpfsinnige oder auch geistreiche Frage der neugierigen Menge:

„Was haben Sie gesehen?"

„Wollen Sie sich vielleicht übergeben?"

„Ist die Polizei informiert?"

„Kann man davon schwanger werden?"

„Arbeiten Sie hier? Ich habe Sie nie zuvor gesehen!"

„Gibt es im 12. Stock noch Apfelkuchen?"

Irgendwann lockerte sich Johns Haltung jedoch und seine starr aufgerissenen Augen visierten auf einmal eine einzige Frau an. Durch ihre eckigen Brillengläser versuchte sie die Situation zu überblicken. Ihre grün reflektierenden Pupillen huschten hinter dem feinen Drahtgestell hin und her. Grübelnd verzogen sich ihre reizenden Wangen. Die vom Rouge leicht rot gepuderten Backen und ihre voluminösen Wimpern verliehen ihr selbst in dieser Situation eine dramatisch anziehende Wirkung. Es war die Personalreferentin und Sekretärin von Chulio. John kannte sie aus dem Bewerbungsgespräch. Und er schenkte ihr sofort seine volle Aufmerksamkeit. Ihr dunkelbraunes Haar wurde von einem gut frisierten Dutt zusammengehalten, darunter erstreckte sich ein langer, schmaler Hals. Eine zierliche Kette ließ sich in einem, von einer weißen Bluse großzügig präsentiertem, Dekolletee nieder. Sie trug einen kurzen Bleistiftrock und hohe Stöckelschuhe. Man konnte sich bis zu den perfekten Waden satt sehen. Sie war eine der letzten Schaulustigen, die aus den obersten Stockwerken her gepilgert kamen, um das Ereignis näher zu untersuchen. John bewegte sich zielstrebig auf sie zu. Die Leute wichen sofort zu beiden Seiten aus. Auf der Treppe entstand ein hochragender Kanal, vergleichbar mit dem geteilten Meer Moses'.

Sehr schnell bemerkte die dominante Sekretärin die auf sie zuschreitende Witzfigur. In ihrem kleinen Kopf schwirrten andere Sorgen herum, Sorgen wegen der entstandenen Schäden, der Klärung mit der Versicherung und dem anstehenden Papierkram, welcher auf sie zukommen würde; nicht zu schweigen vom Führen weiterer Bewerbungsgespräche mit noch unklassifizierteren Bewerbern, wie John einer war. Gedanken, welche ihr den Kopf verdrehten, während John immer näher kam. Auch Chulio würde ihr sehr schnell ihren süßen, kleinen Hintern versohlen, sobald die Fenster nicht mehr in ihrer vollen Pracht glänzen würden. Diese Gründe sorgten für die nächste Anreihung von Schicksalsschlägen, welche die Sekretärin ohne Bedacht auslösen sollte.

„Hier ist wohl gerade eine Stelle frei geworden." John wählte seine nächsten Worte gut, wenn auch unbeabsichtigt. Kurz musterte die Frau den frechen Mann, welcher nur noch zwei Stufen unter ihr stand und damit einen Kopf kleiner war als sie. Wie ein unschuldiger Junge blickte er zu ihr hinauf. Sie erwiderte seine Fratze mit dem strengen Blick einer zweifelnden Lehrerin.
„Wir müssen wohl zuerst das Gespräch mit der Polizei abwarten. Sollten Sie gehen dürfen, sehen wir uns in meinem Büro wieder – Sie fangen heute schon an Herr ..." Die Sekretärin legte in ihrem Satz eine unwissende Pause ein.

>> „Stephom, John Stephom!" <<

Die Erwartungen für die verantwortungsvolle Stelle des Hausmeisters wurden durch Johns Auftritt nicht annähernd erfüllt. John war vorerst für etwas anderes berufen: Fenster putzen. Eine wichtige Stelle, wie die eines Hausmeisters, eines so modernen Gebäudes, vergibt man nur zögerlich und mit Bedacht. Die hübsche Sekretärin wusste das. Ein Wunder war, dass ihre Ansprüche schon durch den nächsten Bewerber mehr als übertroffen wurden. Während sich John noch vor einigen Minuten fragte, wie der Todessturz der verunglückten Fensterputzerin wohl aus einem etwas anderen Blickwinkel gewirkt hätte, musste Adam das Geschehen, auf dem Weg zum Bewerbungsgespräch, in der Einstellung einer Totalen betrachten. Auch die Akustik war hervorragend.

1. *Ein unsanftes Klirren*

2. *Ein lautes, metallisches Hallen*

3. *Ein schrecklicher Schrei*

4. *Ein zweites Klirren*

5. *Vermischte Angstschreie*

Ungewollt hatte Adam die beste Zuschauerposition eingenommen, auf welcher John wahrscheinlich noch Popcorn bestellt hätte. Schon hier drifteten Johns und Adams Sichten auseinander, die unterschiedlicher nicht sein konnten. Adam hätte sich für diese reale Darstellung einer sterbenden Frau niemals freiwillig einen Logenplatz gewünscht. Adam war dennoch die Ruhe selbst und begab sich gelassen, jedoch mit immer schneller werdenden Schritten in Richtung des spiegelnden Gebäudes. Sonnenstrahlen prallten an der Glasfront ab und stachen Adam, mit regelmäßigen Unterbrechungen durch verschiedene Schattenwürfe, in seine leicht zugekniffenen Augen. Aus dem schnellen Gang wurden nun eilende Schritte. Neben dem katastrophalen Ereignis, welches er männlich wegsteckte, war er zudem etwas spät dran. Unpünktlichkeit war keine von Adams Angewohnheiten. Angelangt an dem schattigen Bereich des weit überdachten Eingangs quetschte er sich durch eine, allem Anschein nach, apathische Menschenmenge. Wie reglose Zombies starrten sie in Richtung Himmel. Undeutliches Gemurmel ließ Spekulationen über die Aussicht vermuten. Die wenigen Auserwählten, welche die rote Schnur identifizieren konnten, ließen angewiderte Geräusche ertönen. Adam wollte nicht zu der gaffenden Horde gehören. Seine Gedanken drehten sich um Wichtigeres. Schon morgen ist seine alte Arbeitsstelle, eine Schule, nur noch eine Ruine – ein Schlachtfeld aus zerbrochenen Steinen und Ziegeln.

Aufzüge außer betrieb. Noch leicht genervt von der, den Eingang blockierenden Horde, erblickte Adam die fett gedruckten Buchstaben auf dem rot leuchtenden Schild. An anderen Tagen hätte er überhaupt nichts dagegen gehabt, die Teppen zu benutzen – im Gegenteil – normalerweise bevorzugte er das Treppensteigen gegenüber elektrischen Beförderungsmitteln sogar. Er verfolgte eine fitte und ökologische Lebensweise. Etwas zu hastig nahm er die Treppenstufen gleich doppelt und rutschte an der vierten Stufe aus. Zum Glück konnte er sich noch fangen und seinen sympathischen Storchengang weiterführen. Es kamen ihm beinahe keine Leute mehr entgegen.

Die ganze Firma schien draußen auf dem Hof zu stehen. Kurz wurde es eng, als sich zwei breite Polizisten mit einem beunruhigend grinsendem Mann im Schlepptau durchquetschten. Mit weit geöffneten Augen starrte der Mann beim vorbeilaufen direkt in Adams Gesicht. Gebrandmarkt von dem höllischen Blick lief Adam weiter nach oben, zielstrebig an einer zweiten Menschenmenge vorbei, bis in den 19. Stock. Er war ein äußerst gläubiger Mensch und würde diesen Blick nicht so schnell vergessen.

Die Sekretärin war gerade erst in ihr kleines, schlicht eingerichtetes Büro zurückgekehrt. Sie stützte sich leicht erschöpft auf die kalte Tischplatte. Dabei war erst ein enttäuschendes Vorstellungsgespräch vorüber und nun erwartete sie, dass der Verlauf des Tages noch mehrere anstrengende Gestalten mit sich bringen würde. Die titanfarbene Wanduhr schlug eine volle Stunde. Obwohl Unpünktlichkeit ein wirklich sehr schlechter Start in ein Vorstellungsgespräch war, war die fein gekleidete Sekretärin froh darüber, sich noch kurz einen freien Kopf schaffen zu können. Sie öffnete einen Knopf ihrer luftigen Bluse und atmete tief ein und langsam wieder aus. Sie schlug gerade ihre langen Beine übereinander, als es sanft an der Tür klopfte. Ein Blick auf ihre groß bezifferte Armbanduhr wies eine kurze Verspätung auf – fünf Minuten nach. Die Sekretärin richtete noch schnell ihren Dutt und rief anschließend: „Herein". Ein gut gebauter Mann betrat das Zimmer. Die Frau musterte ihn von unten nach oben. Sie offenbarte ein interessiertes Gesicht. Er trug einfaches, dunkles Schuhwerk. Eine schwarze, männlich gefüllte Hose führte hoch zu einer silbernen Schnalle, welche einen dunkelbraunen Ledergürtel um die robuste Taille schloss. Gefolgt von einem locker reingestopftem Hemd, führten die gut verarbeiteten Knöpfe zu einer schlichten, gebundenen Krawatte. Über seinen mächtigen Adamsapfel hinweg, sprießten von seinem Kinn, um seine gut durchbluteten Lippen, bis zu den Ohren kurze Stoppeln. Seine braunen Augen lagen zwischen wenigen, sympathisch wirkenden Falten eingebettet. Über seiner runzelnden Stirn wirbelte volles, dunkles Haar.

Der Rotstich wurde erst bei einem anderem Lichtwurf deutlich. Sie huschte mit ihren Augen an seinen breiten Schultern vorbei und folgte dem lilafarbenen Ärmel des Hemdes. An ihrem Ziel angelangt, konnte die angeheizte Frau an den rau wirkenden Fingern keinen goldenen Ring ausfindig machen. Langsam öffnete die Sekretärin einen weiteren Knopf ihrer Bluse.

Kurz abgelenkt streckte der Mann der Sekretärin seine Hand entgegen und stellte sich freundlich vor: „Adam Van Buyten, freut mich sehr." Ihre Schenkel reibend wusste sie, dass das Gespräch schnell zu etwas Intensiverem führen konnte. Sie blieb sitzen und schüttelte seine starken Hände. Gleichzeitig begrüßte sie ihn verführerisch: „Silvia Roche', machen Sie es sich doch bitte gemütlich."

Die Zeit verging und die laut tickenden Zeiger der Wanduhr legten eine weitere Runde zurück. Silvia stemmte sich von dem Schreibtisch, der nun mit feuchten Perlen gespickt war. Sie suchte den Vertrag unter der, am Boden zerstreuten Zettellandschaft. Adam hatte sie in allen Punkten vollständig befriedigt. Er sah ihr hinterher. Indem sie sich mehrere Male bückte, stellte sie sämtliche, nackten Körperteile erneut zur Schau. Dieses Mal jedoch aus mehreren, noch attraktiveren Blickwinkeln. Und jede Bewegung wäre es wert gewesen, sie für kurze Zeit einzufrieren oder in kurzem Vorlauf abzuspielen, um sich ihre weiblichen Körperteile für spätere Tag- oder Nachtträume noch einmal in Erinnerung zu rufen. Auf der Hartglasplatte machten sich milchige Spuren in Formen von beschlagenen Umrissen mehrerer Körperteile sichtbar – sie hatte den richtigen gefunden. In diesem Moment hämmerte es an der Tür. Ehe die nackte Sekretärin noch protestieren konnte, streckte sich ein schwitzender Kopf durch den geöffneten Türspalt. John war zurück.

„Nachdem die geile Sekretärin mit mir geredet hatte, kamen auch schon die Bullen hochgetrampelt, haben alle mit Fragen durchlöchert und natürlich mich als Hauptzeugen mitgeschleppt. Auf dem Weg nach unten kam mir so ein Playboy entgegen und glotzte mich blöd an. Als ob ich ein brutaler Mörder wäre. Der gestellte Mörder ... So ein Möchtegern. Die Fragerei ging etwa eine halbe Stunde. Diese Drecksbullen – wussten von Anfang an, dass die fette Aische von selbst abgestürzt und verreckt ist und predigen mir Himmel und Hölle vor, schicken mich jetzt vielleicht zum Seelenklempner. Als die Polizei es geschafft hatte, die neugierige Meute zu vertreiben, haben die Sanitäter die verstreuten Einzelteile in den zwei Stockwerken und auf dem Hof eingesackt. Als ich endlich wieder gehen konnte, habe ich mich noch ein Weilchen hinter einem nutzlos herum stehenden Krankenwagen versteckt und sie beobachtet. Du glaubst nicht, wie viel Hackfleisch so ein dicker Körper verteilen kann. Als ein Kerl mit vielen transparenten Tütchen zurückkam, musste ich verschwinden. Die Schnitte hatte ja doch einen Job für mich. Also latsche ich die ganzen Treppen wieder hoch. Die Aufzüge waren außer Betrieb. Und das Büro von meiner Honigblüte war im 19. Stock. Es kamen mir noch ein paar Sanitäter mit Tütchen voller Aische entgegen. Oben angekommen, lief ich einfach an den anderen Bewerbern vorbei und klopfte voll brutal gegen die Tür. Ich sollte mich gleich nach der Befragung melden und sofort anfangen, hat sie gesagt. Für den Hausmeisterposten war ich ihr natürlich nicht gut genug, als Fensterputze aber alle mal. Ich öffnete die Tür und sah den Möchtegern-Playboy splitterfasernackt auf dem Schreibtisch liegen, direkt dahinter wippten die Titten meiner Schnecke während sie mich anbrüllte, ich solle verschwinden. Ich gönnte mir noch ein paar Sekunden von ihrem Anblick und schloss dann wieder die Tür.

Später verabschiedete sie die restlichen Bewerber wieder, ohne mit ihnen gesprochen zu haben. Bei ihnen konnte ich mir noch ein paar gute Schimpfworte für meine Sammlung abgreifen. Dann ging der alte Lustmolch. In den Händen hielt er einen unterschriebenen Vertrag. Von zwei Itakern wurde ich später in die hohe Kunst der Fensterputzerei eingewiesen. Beppe und Libero heißen die beiden und ich denke, sie sind Zwillinge. Sie sehen sich zumindest sehr ähnlich. In der Arbeitskleidung sieht sich aber sowieso jeder sehr ähnlich. Bei grauen Overalls kann man nicht mehr viel von einer Person erkennen. Nur den Kopf. Und der Eine war dick. Sie trugen aber die gleiche italienische Cap und sahen sich schon ähnlich. Itaker sehen für mich allerdings eh alle gleich aus."

„Oh, Johnny ...", seufzte Phil und ließ eine kurze Atempause verstreichen. John suchte den Blick seines Freundes. Er wusste, dass Phil seine herablassende Art und den überflüssigen Rassismus nicht teilte – zumindest nicht direkt. Tatsächlich schienen diese Eigenschaften nämlich das Einzige zu sein, dass sie tief im Inneren verband. Phil war allerdings generell von einer fehlerhaften und durchtriebenen Gesellschaft überzeugt und projizierte dies nie auf Einzelne. Er ergriff auch nur selten das Wort, um Konflikte mit John so gut es ging zu vermeiden. Da sie dieses Weltbild aber grundsätzlich teilten, waren sie schon jahrelang unzertrennlich gewesen.

Der Tag war mittlerweile vergangen, nur noch der Mond schimmerte weiß am Abendhimmel. Unter dem hell durchschienenen Glas gluckerte eine alte Röhrenheizung leise vor sich hin. Die beiden Freunde saßen auf einer alten, verratzten Couch, gezeichnet durch einen braunen zerfetzten Bezug und zu erahnende Flecken aller Art. Auf ,einem kleinen Glastisch stand eine große, dampfende Tasse. Phil wusste, dass es nun Zeit für Johns herkömmliche Ansprache war. Und er ahnte, welches Ausmaß der heutige Tag auf Johns Empfinden haben könnte. Phil senkte gefasst seine Hände und griff nach der Tasse, um an dem heißen Getränk zu nippen.

Er war ein Freund, wie er im Bilderbuch stand – ein sehr guter Zuhörer mit treuer Persönlichkeit. Außerdem war Phil sehr gut erzogen und gab im Gegensatz zu John vor, eine reine und gute Seele zu haben. John hatte Glück einen solchen Freund zu haben, wobei man sich auf Phils Seite fragen sollte, warum er nie zu jemand anderem ein solches Verhältnis aufbauen konnte. Als Phil merkte, dass die heiße Schokolade fast seine Lippen verbrannte, stellte er die Tasse wieder zurück auf den Untersetzer. Er lehnte sich bequem zurück und hörte John weiterhin zu.

„Wie auch immer, heute Morgen ist direkt vor meinen Augen eine dicke Aische verreckt. Und nur deshalb habe ich wieder einen Job. Das ist ein Zeichen, sage ich dir. Und anhand dieses Zeichens habe ich die Möglichkeit, der Menschheit etwas zurückzugeben. Deshalb habe ich mir einen Plan ausgedacht! Wenn ich tatsächlich nur die Möglichkeit habe einen Job zu bekommen, wenn Andere ins Gras beißen, dann kann ich so doch auch meine Aufstiegschancen verbessern, wenn du verstehst was ich meine?" Phil antwortete vorsichtig und mit Bedacht, um keine Lawine auszulösen: „Du möchtest anfangen, Leute umzubringen, nur um einen besseren Job zu bekommen? Johnny, ich glaube nicht dass das eine gute Idee ist. Ganz zu schweigen davon, dass dies das schlimmste Verbrechen überhaupt wäre." John protestierte: „Ich habe mich schließlich als Hausmeister beworben! Und ich will nicht mein Leben lang als dreckiger Fensterputzer arbeiten. Ich möchte nur den Möchtegern, der für seinen Job mein Sahneschnittchen flach gelegt hat, aus dem Weg schaffen und es nochmal versuchen. Dieser Typ spielt genauso unfair. Hilf mir nur bei diesem einen Mistkerl!" John wusste, welchen Hebel er bei Phil umlegen musste, um ihn von einem so verrückten Plan zu überzeugen. Er atmete tief durch und sprach schließlich weiter: „Phil, wir beide wissen, dass sich bisher noch nie jemand für uns interessiert hat. Uns sollten andere Leute genauso egal sein! Und wir wissen, zu was Menschen fähig sind. Jetzt können wir ihnen alles zurückzahlen. Du erinnerst dich?" Phil schossen Bilder durch den Kopf. Ihn packten Wut und Traurigkeit zu gleich. Seine Augen wurden feuchter. Dann fasste er sich und antwortete leise: „Die Gesellschaft, in der wir aufgewachsen sind ist daran schuld Johnny. Aber du hast Recht, die Menschheit wird sich erst ändern, wenn die Hölle auf Erden ausgebrochen ist. Ich werde dir helfen. Der neue Hausmeister hat seinen Posten nach deiner Beschreibung wohl auch nicht wirklich verdient ..."

„Diese stinkende Menschheit ..." John ergriff wieder das Wort. Er legte eine kurze Atempause ein und legte seinen Arm, welcher gerade empor geschossen ist, wieder auf das Polster. Es verstrich nicht viel Zeit und Phil knüpfte an dem begonnen Satz an: „Ja, diese Menschheit. Jede Epoche ein geschichtliches Überbleibsel von humanem Versagen. Jedes Zeitalter geprägt von neuen Katastrophen, dank derer wir uns eine Historie aufbauen und keiner bemerkt die Ironie dahinter. Sie werden es nie lernen. Umso deutlicher fällt mir das Problem an der heutigen Gesellschaft auf. Ich bin auf deinen Plan gespannt."

Phil stellte fest, dass die heiße Schokolade heute nussig schmeckte. Er trank den letzten Schluck aus der Tasse, während ihn Zweifel über das, was noch kommen sollte, packten. Ein Mord ... Dann fielen ihm viele neue Ideen für sein Buch ein. Er lief schnell zu dem kleinen Schreibtisch neben dem Fenster. Dicke Wolken überdeckten nun den runden Mond.

Phil drückte den Kippschalter einer kleinen Tischlampe und beleuchtete damit ein leeres, aus einer Schreibmaschine ragendes Blatt Papier. Er hatte sich inspirieren lassen und tauchte nun in seine eigene, kleine Welt. Also fing er damit an, schnell auf die Tasten zu hämmern und seinem neuen Kapitel einen Namen zu geben: *Blut für Gold.*

WAHNIDEEN

„Stromausfall – Chaos – Der Hausmeister rennt in das Untergeschoss. In seiner Eile bemerkt er nicht, dass der Wasserboiler ein Leck hat und der Boden völlig unter Wasser steht. Die dicken Stromkabel der Sicherung wurden herausgerissen und baumeln jetzt in der riesigen Pfütze. Auf der Wasseroberfläche tanzen ein paar grelle Funken."

„Und als der Depp seinen Fuß auf den nassen Boden setzt, trifft ihn ein Schlag. Der Strom lässt seinen Körper implodieren und sein Gehirn fliegt bis nach Timbuktu."

Phil verdrehte die Augen und blickte zu der angeschimmelten Decke. Dann nahm er den Dialog wieder auf: „Johnny, ich denke nicht, dass ein Mensch von einem solchen Stromschlag implodieren kann." Johns begeisterter Ausdruck wechselte schlagartig zu einer beleidigten Visage.

„Schon gut, dann implodiert er halt nicht. Und sein Gehirn darf er auch behalten. Aber er ist mausetot." Johns Faszination des Markaberen und Phil's ausgedehnte Phantasie machten es den beiden nicht gerade schwer, sich brutale Mordszenarien auszumalen. Zudem hatte John schon einige Tage Zeit gehabt, um sich einzuarbeiten und sich in der Firma umzusehen. Es erwies sich jedoch als schwierig, nach ihren ausgedachten Szenarien nicht verdächtig zu erscheinen und gleichzeitig eine Stelle zu bekommen, für welche man schon einmal abgewiesen wurde.

Phil sprach einen wichtigen Punkt an: „Die Sekretärin! Wir müssen die Sekretärin in unserem Plan berücksichtigen, sonst begehen wir einen sinnlosen Mord. Und dann bin ich raus Johnny." „Ich weiß. Adam und meine kleine Schnecke Silvia poppen sich jeden Tag die Seele aus dem Leib. Das können wir vielleicht nutzen. Ich habe eine Idee. Wir spendieren beiden am selben Tag – morgens! – zwei Wässerchen, die wir vorher mit zwei unterschiedlichen Säuren vermengt haben. Wir müssten natürlich sicher gehen, dass beide das Wasser auch wirklich ganz leer trinken. Mittags treffen sie sich zu ihrem üblichen Techtelmechtel, wobei natürlich keiner Zeuge ist. Und hier kommt der Clou! Sobald er in ihr kommt, reagieren die Säuren, sie wissen nicht wie ihnen geschieht, ihre Körper implodieren oder explodieren, wie auch immer, und Adams Gehirn fliegt bis nach Timbuktu!" John erzählte seinen Plan so euphorisch, als wäre er auf den Masterplan gestoßen. Allerdings ließ Phil seinen Kopf hängen und schaukelte ihn von links nach rechts. „Warum müssen bei dir immer alle Menschen implodieren oder explodieren und Gehirne nach Timpuktu fliegen? An welche ultimativen Säuren hast du denn gedacht, mein lieber Professor der Chemie?" John grübelte. „Wir müssten eventuell in einer Apotheke nachfragen? Oder wir kaufen uns so einen Computer, von denen alle Leute reden und benutzen mal dieses Google?" „Oh, Johnny ..." Phil spürte Johnnys Enttäuschung sofort und sprach weiter: „Ich denke nicht, dass das funktionieren könnte. Außerdem sollte es nicht notwendig sein, noch ein Menschenleben zu nehmen. Wir brauchen zwei separate Lösungen." Ein langes Schweigen dehnte sich in der kleinen Wohnung aus – Stille – ab und zu ertönten kurzweilige Motorengeräusche sowie weit entfernte Hupsignale.

„Die Aufzüge!" Wie von einem Blitz getroffen schoss John eine weitere Idee durch den Kopf. „Die Aufzüge waren doch außer Betrieb". „Ja ich weiß", bestätigte Phil, geplagt von den Wiederholungen aus Johns Erzählungen. John ignorierte Phils Tonfall und fuhr fort: „Ich weiß noch ganz genau, dass unser Hausmeister zur Reparatur in das Kellergeschoss gegangen ist. Ich hatte eigentlich gedacht, das Problem lag am Dachgetriebe, aber egal. Wenn wir diesen Defekt wiederholen, er den Strom unten abstellt und wieder unter den Aufzug kriecht, ist der Rest für uns kinderleicht. Wir zermalmen ihn! Und danach muss ich nur noch meinen Charme spielen lassen." Phil wusste, dass der Plan sogar funktionieren könnte. Bisher hatten beide nur rumgesponnen, doch ihren Plan tatsächlich in die Tat umzusetzen bereitete ihm große Angst. Er schwieg. Nach einem Blick auf die Uhr fuhr John fort: „Schon acht, ich komm wieder zu spät." Das Gespräch wurde abrupt aufgelöst, Phils Gedanken verpufften, John griff seinen Rucksack und schritt hastig zur Tür. Dann verschwand er im Licht, ohne sich umzudrehen oder sich zu verabschieden.

Ihr Becken wuchtete sich lustgetrieben auf und ab. Sie presste ihre weichen Hände auf die rauen Hände ihres Liebhabers und drückte ihn somit heftig zu Boden. Ihre nackten Körper schmiegten sich in einem erotischen Schauspiel eng aneinander. Der flauschige Teppich umschmeichelte seine angespannten Muskeln und ihre Schienbeine. Aus ihren schmal geöffneten Lippen glitt heißer Atem und ein kleinlautes Stöhnen. Die schmalen Schultern schaukelten langsam vor und zurück, während er ihr hin und wieder einen starken Stoß versetzte, welcher sie wie beim Rodeo wiederholt empor beförderte und sie leise aufschreien ließ.
Adam packte Silvia an der Hüfte, wodurch ihr Blick direkt in seine Augen drang. Er blieb in ihr, hob sie hoch und stellte sich spartanisch auf. Silvia betrachtete seinen starken Körper. Er packte sie und presste die liebliche Gestalt an die kalte Wand. Mit ihren Beinen umschloss sie das standhaft bleibende Becken und Adam drang ein weiteres Mal tiefer in sie ein. Silvia schloss die Augen und ließ ihren Kopf in den Nacken fallen. Er schob sein Glied immer wieder in ihren feuchten Spalt. Die Stöße wurden nun immer heftiger und Silvias Stöhnen immer lauter. Gepackt von Adams pulsierenden Armen, spürte Silvia jede Region ihres und seines Körpers. Ihr Herzschlag fing an zu rasen, während sich auf Adams Brust kleine Schweißperlen bildeten. Ihre Leiber wurden immer heißer und Silvias Schenkel boten auf einmal starken Widerstand. Sie schob ihr Becken so heftig an seines, dass Adam sich mit einem Arm an die Wand stützen musste. Silvia stieß aus einer schier kochenden Lunge wiederholende Worte aus: „Ich komme!"

Am Fenster des Büros verbarg sich eine kleine Silhouette. Die von hinten scheinende Sonne ließ nur eine schattierte Rundung übrig. Doch tatsächlich war es ein Kopf. Es war Johnny.

Als die Show für ihn vorüber war, ließ er sein Gerüst wieder nach oben ziehen. Alle Fenster auf dieser Seite des Gebäudes waren gereinigt und es war Zeit für die übliche Mittagspause nach dem Erwachsenenkino, welches immer um Punkt 12 endete. Oben angelangt umströmte John ein starker Wind und seine Latzhose wackelte feuchtfröhlich hin und her. Auch Johns Haare wurden von dem Luftzug wild durchgekämmt. Auf einem langen Betonsockel erblickte er Beppe und Libero, die sich gerade daran machten, ihre Lunchboxen zu öffnen.

John sah die Zwillinge nicht oft in der Mittagspause auf dem von Wolken umringten Dach. Aus seinem Rucksack holte er ebenfalls seine Brotdose, um sich anschließend zu den beiden Italienern zu gesellen. Diese versuchten nun hastig, sich ihr gesamtes Pausenbrot auf einmal in den Mund zu stopfen.

„Schon irre was man hier manchmal durch die Fenster beobachten kann, was? Komisch, ich sehe euch zwei nie in der Mittagspause." Johns Auge fing wieder an zu jucken. Libero und Beppe warfen sich unsichere Blicke zu. Die Italiener mieden Johns Gegenwart und verbrachten ihre Pause deshalb immer eine Stunde früher als er. Doch dieses Mal waren sie aufgehalten worden. „Jep, wir äh, gehen meistens zum Italiener an der Ecke", Libero versuchte John auszuweichen. „Unser Cousin backt dort die beste Pizza der Stadt", ging Beppe darauf mit vollem Mund ein. Sie hatten beide keine Lust, sich weiter mit John zu unterhalten, aber der Hunger auf den noch nicht verspeisten Tomaten-Mozzarella-Salat hielten Libero und vor allem Beppe auf. Johns Rechte war nun damit beschäftigt, sein linkes Auge wund zu scheuern, während er mit seiner Linken versuchte, das Sandwich zu bearbeiten. Bei diesem ungeschickten Manöver fielen ihm etliche Gurkenscheiben sowie Zwiebelstreifen in und auf die Latzhose, gefolgt von großen Tropfen der scharfen Senfsoße. Der Ausdruck der Zwillinge wechselte abrupt von unsicher zu angeekelt. Beppe verschlang trotzdem den hausgemachten Salat, als gäbe es kein Morgen, während Libero der Appetit verging. Er klappte die Lunchbox zu und ging auf Johns erste Frage genauer ein: „Was meinst du denn mit Irre, Kollege?"

Am folgenden Abend berichtete John seinem besten und einzigen Freund, was er aufgeschnappt hatte: „Ich habe den Itakern von unseren Rammlern erzählt. Und die beiden Trottel haben mir die Lösung für unsere süße Sekretärin auf ‚einem Goldtablett serviert." Vor dem Fenster braute sich ein heftiger Sturm zusammen. Dunkelgraue Wolken verdeckten den Himmel und ließen den frühen Abend, wie die späte Nacht wirken. Mächtige Blitze züngelten vor dem schwarz gefärbten Horizont miteinander. „Und welche Lösung sollte das sein?" Phil erwartete keine Lösung, sondern weitere wahnwitzige Ideen, in denen Leute explodieren, implodieren oder Ähnliches. Doch John übertraf seine Erwartungen: „Nicht nur der Hausmeister besteigt Silvia –" John ließ seinem Satz eine kurze Pause folgen, um etwas Spannung aufzubauen. „– sondern auch der Boss höchst persönlich – Chulio Tremante. Laut Beppe und Libero ist Chulio eine ziemlich besitzergreifende und impulsive Person. Was würde er wohl davon halten, dass sich sein Saft und der des Hausmeisters in der gleichen Fo-" Ein lautes Donnern übertönte das Satzende wie ein heftiger Paukenschlag, gefolgt von einem scheinbar sehr nah eingeschlagenen Blitz, der den Raum in weißes Licht hüllte. Phil hatte ihn aber sofort verstanden.

„Was stinkt hier so?"

„In dieses Gesicht muss man reinschlagen."

„Was fehlt dem Mann?"

„Setzen wir uns lieber wo anders hin Schatz."

Zumindest die Busfahrt war heute fast wie immer, dachte sich John, während er weitere Gesprächsfetzen und skeptische Blicke aufsog. In den letzten Tagen hatten sich Phil und er vorbereitet. Heute sollte der Plan in die Tat umgesetzt werden. Sie besprachen gerade die letzten Details im Flüsterton, als die mechanische Stimme im Bus ihre Haltestelle trällerte: „Michaels Platz".

Phil füllte seine Lunge mit Luft, um gleich darauf wieder stark auszuatmen. Er drückte seine Hände auf seine Knie und stellte sich entschlossen auf. Schon nach vier Schritten erreichte er die Schiebetür und trat auf einen breiten Gehweg, welcher sich um ein riesiges Denkmal schlängelte. Als der Bus hinter ihm wegfuhr, drangen mehrere Umgebungsgeräusche an Phils Ohren. Wie erstarrt beäugte er die steinerne Skulptur des Erzengels Michael, bis John ihn ins Bewusstsein zurückholte: „Also dann, alles auf Start!"

Die Zeiger der Haltestellen-Uhr drehten sich viele Male, während John Stellung bezog, seinen Arbeitstag in Angriff nahm und weitere Vorkehrungen traf. Und dann konnte Phil das Zeichen sehen. So gut wie jeder konnte dieses Zeichen sehen. Doch nur John und Phil wussten es zu deuten. Eine Silvesterrakete explodierte knapp neben der steinernen Statue. Dabei zogen weniger die schwachen Funken als vielmehr die lauten Knallgeräusche die Aufmerksamkeit auf sich.

Personalwechsel Rezeption: Es war die Gelegenheit für jedermann, unauffällig in den Keller des gläsernen Gebäudes zu gelangen. Die Rakete war ein notwendiges Zeichen, wollte man sich nicht auf die festgelegte Zeit des Schichtwechsels verlassen oder hatte diesen schlichtweg nicht berücksichtigt und / oder jagte man einfach gerne Sachen in die Luft. John ergötzte sich an der Explosion. Ab diesem Moment konnte er nur noch hoffen, dass ihr Plan aufging. Und so wartete er einfach nur ab, bis Phil seiner Pflicht nachkam.

>> „Aah!" <<

Aus dem Untergeschoss erklang ein lauter, hoher Schrei. John erkannte das Kreischen. Es war sein Zeichen. Er ließ Putzeimer und Lumpen liegen und rannte die Treppe herunter. „Haben Sie das gehört", fragte er den dunkelhäutigen Rezeptionisten. Dieser nickte, blieb aber stumm. John hatte den Eindruck, dass das dunkle Gesicht bleich wie Schnee werden wollte, es aber nicht ganz schaffte. Nach einem langsamen Nicken machte sich dieser schließlich auf den Weg. John warf noch eine Münze in einen Snackautomaten und wartete gelassen, bis sich sein Schokoriegel herausgewunden hatte. Dann folgte er dem Mann zum unteren Treppenhaus. In dem düsteren Abgang schlich sich ein Lächeln auf Johns Fratze, welches er sich nicht länger verkneifen konnte
– *Showtime!*

Im Untergeschoss angekommen ließ sich eine, in einer Blutlache kniende Frau ausmachen. Sie wurde von einer kleinen Lampe bestrahlt, welche einen Lichtkegel um die Reste einer Leiche warf. Von dem dunklen Gang aus konnte man den zermatschten Leichnam sehr gut sehen, von der Frau blieb allerdings nur ein beleuchteter Umriss übrig. Sie saß mit dem Rücken zu ihren Besuchern, aber beide wussten, welche Frau dort am Boden hockte.

>> „Madame Roché?" <<

An dem starken Akzent merkte John, dass der Rezeptionist

ein Franzose sein musste. Das war ihm zuvor nie aufgefallen. „Pardon, was ist passiert?" Silvia gab keinen Mucks, nicht mal eine Regung preis. Der Franzose bemerkte ein Rascheln aus Johns' Richtung, das in der herrschenden Stille doppelt so laut wirkte. John kramte seinen Riegel aus der Hosentasche und fing damit an, gemütlich das Plastik aufzureißen. Von den Treppen ertönten weitere Schritte. Keiner rührte sich von der Stelle, keiner traute sich einen weiteren Schritt auf die in Schatten gehüllte Frau zuzugehen. Doch während John genüsslich von seiner Schokolade abbiss und versuchte den Matsch auf dem Boden zu deuten, hatte der Franzose schon sein Handy einsatzbereit und tippte die Zahlen für den Notruf. Ein rundes Objekt zu ihren Füßen könnte einmal Adams Augapfel gewesen sein – er musste wohl beim Zermalmen rausgekullert sein. Ansonsten lagen nicht viele weitere Körperteile im Freien. Der größte Teil von Adam befand sich noch unter dem Aufzug. Ein abgerissener Arm lag in einem noch gut erhaltenen Zustand vor dem Aufzug. An der Kante des Lifts schienen Teile von Adams oberem Drittel zu hängen. Zumindest vermengten sich dort zahlreiche Haare mit einem See aus Blut. Hautlappen waren von Kopf und Körper getrennt und lagen nun zusammengefaltet vor Silvia. Darunter befanden sich die Knochenreste des Schädels, die noch durch etwas Haut und klebriges Blut zusammengehalten wurden. Das verbliebene Auge sah sie direkt an. Aus der anderen Augenhöhle plätscherte noch etwas Blut und die Arterie baumelte knapp über dem Boden. Der Aufzug hing so kurz über dem Grund, dass Adams Schädel und alle restlichen Knochen hochkant gebrochen sein mussten. John schmatzte. Der Riegel schmeckte nach Erdbeere, Kokosnuss und Karamell.

Polizei und Krankenwagen ließen nicht lange auf sich warten. Die bunten Männchen räumten sofort das mittlerweile voll gewordene Untergeschoss. Nur noch die Sanitäter schienen nun nutzlos im Raum zu stehen. Silvia stand draußen und wurde von zwei Polizisten verhört. John beobachtete sie. Einer am Gespräch weniger beteiligten gesellte sich zu

John, um auch ihm ein paar Fragen zu stellen. Dieser Mann hatte schon ein Auge auf John geworfen. Es war der selbige Polizist, wie am Tag von Johns Vorstellungsgespräch: 66411 Miller, Österreicher oder Deutscher. *Ein reinrassiger Arier*, dachte sich John. Er hatte blondes, mittellang geschnittenes Haar, welches leicht zur Seite wippte. Saphirfarbene, aufgeweckte Augen meißelten etwas jugendliche Frische in sein ramponiertes, wenig attraktives Gesicht. Er war ein rüder, uniformierter Typ, der sich von den restlichen Polizisten unter anderem durch die fehlende Mütze hervorhob.

„Nazi!", züngelte John leise. Sein Vorurteil war voraussehbar.

„Johnnyboy, ich erinnere mich an dich. Ich wundere mich, dass du hier doch noch eine Stelle gefunden hast. Und zum zweiten Mal bist du Hauptzeuge für einen weiteren Mord, gratuliere – zu Ersterem."

„Und Sie halten nichts von Vorschriften, oder Hannes?" John hatte den Spitznamen des Beamten beim letzten Gespräch von einem anderen Polizisten aufgeschnappt. Johannes ging nicht darauf ein. Er gab sich als Kumpel aus. Und wenn John ihn Hannes nannte, konnte das helfen.

„Du hast Glück, es war wohl wieder nur ein Unfall, zumindest nach der Schilderung unseres Hauptzeugens. Du kennst die Prozedur. Du erzählst mir eine Geschichte und ich male etwas Lustiges in meinen Notizblock. Wenn du Glück hast, können wir dir den Besuch beim Psychiater nochmal ersparen." Johannes versuchte sein Vertrauen zu erlangen. Doch John reagierte auf Verhörmethoden immer merkwürdig.

„Das hört sich nach Spaß an. Heute Morgen gab es Froot Loops zum Frühstück …"

Als John sah, dass das Verhör mit Silvia vorbei war, sprang er überraschend schnell zum Ende seiner Geschichte: „Euer dritter Zeuge und ich hörten einen Schrei, dann liefen wir schnell in den Keller und da kniete Frau Roché im Blut der zerquetschten Leiche des Hausmeisters, die wir auf den ersten Blick natürlich

nicht gleich identifizieren konnten. Ich mach jetzt Mittag, ade."
Die letzten Worte des Polizeibeamten begleiteten John nur noch schwammig auf seinem Rückweg. „Schau in den nächsten Tagen in deinen Briefkasten, Johnnyboy. Wir laufen uns garantiert noch einmal über den Weg!"

John fing Silvia auf ihrem Weg zurück ins Gebäude ab. „Frau Roché, hallo, ich muss Ihnen etwas zeigen." Silvia stoppte kurz, dann lief sie im selben Tempo wie zuvor weiter. John dackelte ihr, wie ein räudiger Köter einer läufigen Hündin, hinterher. Sie sprach zu ihm ohne sich umzudrehen: „Sie laufen mir immer über den Weg, sobald jemand in unserem Haus gestorben ist, das ist eigenartig Herr ..." John unterbrach die Sekretärin: „Genau genommen ist die Putze außerhalb verreckt." Silvia würdigte dieser Äußerung kein Kommentar und fuhr fort: „Sie wollen Hausmeister werden? Schön! Unsere Hausmeister scheinen sowieso alle verflucht zu sein. Also bitte. Sie reparieren jetzt den Aufzug, schrubben das Blut weg und wischen Ihre Fensterfront noch heute blitze blank. Und morgen zeigen Sie mir, was sie sonst noch so können." John war verblüfft und hielt einen Moment lang inne, während Silvia die ersten Treppenstufen erklomm. „Was wollten Sie mir zeigen?" Verunsichert antwortete John der Sekretärin: „Das, ähm, hat sich erledigt. Ich mache mich sofort an die Arbeit." Daraufhin verschwand die Sekretärin auf dem Stufenabschnitt hinter der nächsten Ecke. John bückte sich schnell, um einen Blick unter ihren Rock zu erhaschen. „So ein heißes Gestell!" Er kratzte sich einmal am Auge, drehte sich dann um und ging wieder in Richtung Kellergeschoss.

Wenn sich Phil schon einmal ins Freie traute, musste er so lang an der frischen Luft bleiben, wie es möglich war. Deshalb gabelte John ihn nach Feierabend an genau der gleichen Stelle wieder auf, wo er Phil zurückgelassen hatte. John präsentierte sein breitestes Grinsen. Phil wusste, dass dies nur bedeuten konnte, dass ihr Plan aufgegangen war. Allerdings schien er nicht Stolz darauf zu sein. Es wehte kein Wind, keine Wolke ließ sich an dem gleichzeitig blau und orange dämmernden Himmel ausmachen. Nur der Verkehr vertrieb die mögliche Stille und Abgase mischten sich unsichtbar aber geruchsintensiv in die Atemwege. „Siehst du den Mann dort", fragte Phil seinen Freund und nickte unauffällig zu einer Telefonzelle direkt neben der Haltestelle.

John nahm einen dunkelbraun gekleideten Mann wahr. Er trug einen langen Trenchcoat mit einem dazu passenden Gangsterhut, darunter ließ sich kurzes, weißes Haar ausmachen. Seine Iris war so dunkel, dass sie sich kaum von der schwarzen Pupille abhob. In das Gesicht des Mannes war ein kritischer Ausdruck gemeißelt. Er presste sich den großen, magentafarbenen Hörer direkt ans Ohr, ohne zu irgendeiner Zeit seine Lippen zu einem Gespräch zu bewegen. Er starrte sie an. „Lass uns jetzt mal nicht gleich paranoid werden, man." John setzte sein Pokerface auf. Kritische Blicke war John gewöhnt, dennoch beunruhigte auch ihn etwas an dieser fremden Person. Etwas war anders.

John dachte laut über sein Leben nach. „Ich würde gerne wissen, was die Leute in mir sehen, wenn sie mich mit ihren Laseraugen durchlöchern. Nichts Gutes schätze ich. Ich fühle mich wie ein richtig mieser Schurke in einem schlechten Comicheft. Ich will aber gar nicht der immer erfolglose Schurke sein. Held zu sein wäre etwas Cooles. Auch nicht wie Batman, ein dunkler Ritter, sondern ein strahlender Ritter, den alle bewundern. Keine dummen Blicke mehr, nur noch Bewunderung. Könnten wir reich werden, werde ich *zu* Nr. 1!"

Phil konnte sich nur grob ausmalen, wovon John gerade schwafelte. Er hatte schon mal von dem Helden Nr. 1 gehört, der anders wie Phils literarisches Werk nicht auf einem Blatt Papier, sondern nur in Johns Kopf existierte. Für Heldengeschichten hatte Phil nicht mehr viel übrig. Er hatte nun Blut an seinen Händen kleben. Dementsprechend düster beendete er Johns Gedankenspiel: „Diese Welt verdient aber keinen Helden. Wie du sagtest, verdient sie das, was sie geschaffen hat – dich und mich."

PARANOIA

Zum ersten Mal in Johns Leben verdiente er mehr, als er zum Überleben brauchte. Statt Arbeitslosengeld oder einem lachhaften Kleinverdienst erhielt er jetzt Geld für richtige Arbeit. Außerdem konnte er als Hausmeister unauffällig nach einem nächsten Opfer Ausschau halten. Phil schien, nach seinen letzten Worten, nichts dagegen zu haben. Also konnte er weitermachen und nach Höherem streben. Von seinem Gehalt bezahlte John seine Miete, sein Dosenfutter und Tiefkühlschmaus oder aber auch gelegentlich Abendessen beim Chinesen, wo er beim All-You-Can-Eat-Buffet Unmengen an verschiedenen Sushi-Arten verdrückte. Auffällig war hierbei die große Anzahl an asiatischen Restaurants in seiner Nähe sowie im Stadtinneren. Nach Feierabend ging John seinem neuen Hobby nach und bestellte sich weitere Güter online auf seinem neuen Laptop. Überwältigt von dem breiten Angebot im Internet blickte er einer goldenen Zukunft entgegen, die er erreichen konnte. Mordpläne kamen ihm mittlerweile schon im Schlaf, allerdings fehlte ihm ein neues Ziel.

Der Wecker quakte. Er hatte sich einen Wecker mit Naturklängen gekauft und war von den Froschlauten sehr angetan. Verstört von einem Boogie tanzenden Godzilla, der seinen Traum von einem Duzend Thaimasseurinen durchquert hatte und am Ende anfing zu quaken, setzte sich John aufrecht in sein Bett und presste seinen Finger auf den Alarmknopf. John ging duschen und trällerte das Lied zudem Godzilla kurz zuvor getanzt hatte: „I'm a barbiegirl, in a barbieworld..." Nachdem er beinahe alle notwendigen Hygienemaßnahmen unternommen hatte schlüpfte er in seinen Overall, grabschte noch schnell zwei Schokoladen-Croissants, wie man sie im Supermarkt im 10er Pack erhält und verschwand durch die Haustür.

In seinen Arbeitsalltag startete John, wie jeden Morgen, fast zwei Stunden verspätet. Bisher schien dies noch keinem aufgefallen zu sein. Um sich aufzuwärmen ging er immer zuerst im fünften Stock spazieren, ausgerüstet mit einem Mob, um nicht weiter aufzufallen. Das Stockwerk setzte sich aus einem Rundgang zusammen, in welchem zahlreiche Kabinen angereiht waren, dessen Türen überall verschlossen waren, um die Akustik der Arbeiterinnen zu dämpfen. Leises Stöhnen drang trotzdem durch die Türen und John lauschte dem erregenden Geräusch von stöhnenden Frauen aus aller Welt. Natürlich wusste er, dass Calling Eve eine Firma war, in welcher Sexspielzeug vertrieben wurde. Für dessen Verkauf waren größtenteils Inder eingestellt. Zudem wurde Telefonsex angeboten, für welchen größtenteils Frauen aus aller Hand Regionen eingestellt waren. Und aus diesem Grund hatte sich John ursprünglich für diesen Arbeitgeber entschieden – zumindest wäre es der Grund gewesen, wenn er eine Wahl gehabt hätte.

Besonders angetan war unser notgeiler Protagonist von Türnummer Sieben: Linda. Tatsächlich standen unter den Türnummern die jeweiligen Pseudonyme der Frauen, die sie mit Leib und Seele verkörperten. Ungerade Zahlen waren rechts im Gang, gerade Zahlen links.

5.1 Chantal
5.2 Ursula
5.3 Olga
5.4 Sandy
5.5 Mandy
5.6 Candy
5.7 Linda

An Lindas Tür angekommen, legte er sachte ein Ohr auf das Holz und nahm somit kostenlos an einer Vorführung teil. Früher hatte ihn so etwas Geld gekostet, das er nicht hatte. Nun hatte er das Geld, konnte es aber in andere Hobbys investieren. Unterbrochen wurde er natürlich von Silvia, die seine Aufträge an ihn per Pieper weiterleitete. Der Gedanke an die Arbeit törnte ihn aber nicht ab, im Gegenteil – er verband sie mit der scharfen

Sekretärin. Die Erektion wurde kurz darauf aber auf eine harte Probe gestellt, als Linda plötzlich die Tür öffnete und ihn überrumpelte. Das aufdringliche Piepen hatte sie aufmerksam werden lassen. So lernte John eine sagenhaft bezaubernde Frau kennen, die ebenso die peinliche Störung als auch seine Manneskraft mit Humor nahm. Sie war nicht annähernd so herausgeputzt wie Silvia. Sie trug nur wenig Make-up und hatte auch nicht die Modelmaße der Sekretärin. Ihr mittellanges, fast kurzes Haar schimmerte in einem kräftigen Braun. Die echte Haarfarbe untermalte ihr unverstelltes Auftreten. Sie wirkte zur Gänze ehrlich, natürlich – und bisher hatte sie nicht einmal ein Wort gesagt. Und als sie erklang, war es um ihn geschehen. Sie sprach John direkt an. Ihre Stimme hatte den reinsten und schönsten Klang, den ein irdisches Wesen haben konnte. John war froh darüber, dass die Tür nicht mehr zwischen ihnen stand und lauschte dem Engel vor sich. Und was er zu verkünden hatte, gefiel John sehr. Tatsächlich erlaubte ihm Linda persönlich, öfter an ihrer Tür zu lauschen. Sie steckte ihm sogar ihre Nummer zu: 0190/666999. Irgendetwas musste John richtig gemacht haben. Darüber war er sich aber nicht bewusst und er schob diesen Erfolg auf seinen gigantischen Penis, welcher ihm so manches Mal auf die eine oder andere Weise aus der Patsche geholfen hatte. *Danke Penis.*

Linda war wieder bei der Arbeit und John entschied sich, es ihr gleich zu tun. Er sah auf seinen Pieper. Eine schwangere Operatorin (so die Berufsbezeichnung für Telefonsex-Frauen) hatte sich an ihrem Arbeitsplatz übergeben. Laut Silvia gehörten auch dringende Reinigungsarbeiten zu Johns Aufgaben. Doch darauf hatte er gerade keine Lust. Entgegen der Priorität entschied er sich dafür, zuerst die Lampen im Büro des Geschäftsführers zu wechseln. Über Chulio hatte er bisher nur von Beppe und Libero so manchen Klatsch und Tratsch aufgeschnappt. Chulio war wohl für sein heißes Temperament bekannt. Außerdem war er der Sohn des verschollenen Firmenleiters und als Teil der Familie Tremante in üble Machenschaften verstrickt. John war gespannt. Mit verschiedenen Ersatzlampen und einer kleinen Trittleiter machte er sich auf den Weg in den 19. Stock. John betrat das Büro auf seine vorgezogene Art und Weise: Ohne zu klopfen. Er überraschte Silvia und Chulio. Leider waren sie angezogen. Überrascht sahen sie in die riesigen Glubschaugen. John grinste. Ohne hereingebeten zu werden, betrat er das Zimmer mit den Worten: „Ich wechsle nur kurz die defekten Lampen." Chulios Blut brodelte. „Silvia, wer ist der Kerl und wofür hält er sich?" Silvia traute sich nicht, Chulio direkt anzusehen. „Er ist unser neuer Hausmeister, Herr …" Ihr fiel sein Name wieder nicht ein. „Stephom, John Stephom. Sie können mich aber Johnny nennen." John sprach über seinen Rücken hinweg und widmete sich einer Stehlampe.

„Raus!" Chulio schrie. Silvia blickte John verärgert an.

„Sie haben ihn gehört, Herr Stephom." Doch Chulio korrigierte sie: „Nein, er soll die Lampe austauschen und dann verschwinden. Silvia, gehen Sie. Wir sprechen uns später." Nur Chulio übertraf Silvia noch an Dominanz und Charisma. Und Silvia spurte. Mit gezücktem Haupt und wackelndem Hintern verließ sie das Büro. Chulio fixierte ihr hübsches Gesäß und freute sich auf ihre spätere Bestrafung für Nichts und wieder Nichts. Als die Tür zufiel, widmete er sich John. „John, Junge, du bewegst dich auf ganz dünnem Eis." Chulio stand auf und bewegte sich auf John zu. Dieser hatte gerade erst die kleine Trittleiter aufgestellt. Die letzten Worte würdigte er nur mit einem „Sir, ja Sir", salutierte und drehte sich zu dem Geschäftsführer um. Chulios Augenbrauen bildeten einen Krater und ließen den ernsten Ausdruck noch übertriebener wirken. „Unverschämt und eine Witzfigur." Er ging einen weiteren Schritt auf John zu und überquerte ihre Komfortzone. John hielt dem durchringenden Blick unmittelbar vor seinem Gesicht stand. Plötzlich lachte Chulio. Er klopfte John auf die Schulter. „So kannst du es noch weit bringen, Junge." Danach kehrte er ihm den Rücken zu und begab sich zu seinem bequemen Bürosessel. „Mach deine Arbeit und verschwinde dann." Chulio klang wieder ernst. Und John tat, wie geheißen. Er rieb sich mit seiner linken Hand am rechten Auge und machte sich ans Werk.

Zoa konnte John durch ein Fischaugenobjektiv auf einem ihrer Bildschirme in der Überwachungskamerazentrale beobachten. Der eigentümliche Hausmeister war ihr schon seit längerer Zeit aufgefallen. Etwas irritiert strich sich die sanft gebräunte Brasilianerin durch ihren schwarzen Afro.

Am anderen Ende der Bildübertragung schraubte John eine Glühbirne heraus. Anstatt den Lampenschirm vorher herunterzulassen stand er auf der kleinen Leiter. Er glotzte an der Lampenfassung vorbei und sah eine der Überwachungskameras, die ihm nun zum ersten Mal negativ auffiel. Er fühlte sich beobachtet.

Es vergingen nur wenige Stunden. Nach seiner Mittagspause fühlte sich John nicht mehr wohl. Es schien so, als ob ihm die Essiggurken oder die dazu eingenommene Remoulade nicht gut bekommen waren. Er bekam überraschend unangenehme Blähungen. Zu Chulios Büro hatte John keinen langen Weg, da er wie an jedem schönen Tag seine Mittagspause auf dem Dach verbracht hatte. John musste also nur an dem mysteriösen 20. Stockwerk vorbei und eine Treppenwindung nach unten laufen. Er stützte sich leicht auf dem Geländer auf, sah an den Wänden hoch und erhaschte wieder eine Kamera. Er dachte, die Blechbox verfolge seinen Gang. Die weiteren Stufen lief er ohne seinen Blick von dem gläsernen Auge abzuwenden. Seine Sicht wurde schwammiger, um die schwarze Linse der Kamera formte sich ein dicker weißer Kreis. Der weiße Ball wurde von innen nach außen mit Adern gespickt. Die Illusion wurde deutlicher. Dann wurde Johns Sichtfeld wieder etwas klarer und er starrte direkt in einen riesigen Augapfel, welcher seinen erschrockenen Blick erwiderte. Die Kamera hatte sich in ein lebendiges Sehorgan verwandelt. Er ging schneller. Als er an der nächsten Ecke des Treppengangs abbog, fing ein zweites Auge seine Bewegung ab. Dieses hing in der zweiten Ecke des mittleren Treppengangs. Nun beobachteten ihn beide Augen des Treppenhauses wie ein Tier seine Beute. Er lief weiter mit bohrenden Blicken in seinem Rücken. Im Flur angekommen, schnellten zwei andere, kleinere Augen auf ihn zu. Ein heftiger Stoß riss ihn aus seinem Tagtraum.

„Herr Stephom!" John konnte Silvia vor sich erkennen. „Können Sie nicht aufpassen?" Silvia sah zornig an John empor. Sie hockte auf dem Boden, ihre Beine waren leicht gespreizt und John konnte unter dem Rock das rosane Höschen erhaschen, dessen Anblick er erhofft hatte. Aus diesem Grund brauchte er etwas länger, um zu realisieren, dass er sie während seinem Anfall wohl umgestoßen hatte. Als dieser Gedanke endlich bei ihm zündete, stand die heiße Sekretärin schon wieder auf ihren langen Beinen. „Tschuldigung", stammelte John, während er sich wieder einen weiteren Kosenamen für Silvia überlegte. Dann gab jedoch eine andere Körperöffnung von John einen Laut von sich.

Nach längerem Knattern und einem darauffolgend stechendem Geruch schien auch die Entschuldigung von John wie vom Winde verweht worden zu sein. Silvia stöckelte angewidert an John vorbei. Dennoch errötete John nicht. Die Situation hätte so ähnlich geendet, wenn er sie Zimtmöschen genannt hätte, nur dass dies zusätzlich unter sexuelle Belästigung gefallen wäre. Ihm war der Vorfall also nicht sehr peinlich, nur sein gereiztes Auge schien etwas dunkler geworden zu sein. Die Schuld für seinen Anfall schob John jedoch auf die Überwachungskameras. Er dachte an Chulios Worte. Er wollte es weit bringen. Und heute hatte er zuerst in die eisernen Augen seines letzten und dann seines nächsten Ziels gesehen. Während er grimmig in die Kamera zurück blickte, lachte sich Zoa auf der anderen Seite der elektrischen Leitungen zu Tode.

KOGNITIVE DEFIZITE

John hatte die größte Hürde seines Lebens überwunden. Er hatte es geschafft, Linda anzurufen. Darüber hinaus hatten sie sich zu einem richtigen Date verabredet. Die meiste Zeit hatte zwar Linda gesprochen und entschieden, dass sie ins Kino gehen, aber John durfte den Film aussuchen.

Sie trafen sich vor dem Kino. Er hatte sich von Phil einkleiden lassen und trug ein neues Poloshirt und einen grünen Pullover. Er hatte auch eine neue Stoffhose, die allerdings braun war und sich damit nicht sehr von seiner kleinen Garderobe unterschied. Eigentlich hatte sich also nicht viel verändert, aber immerhin waren die Sachen neu. Linda trug ein langes Blumenkleid. „Du siehst lecker aus." Direkt, wie John war, schaffte er es tatsächlich, ihr ein Kompliment zu machen. Der erste Eindruck war mehr oder weniger gelungen. Dabei blieb es aber fürs Erste. Phil seufzte stetig darüber, dass Frauen ihn nicht mögen, da er kein richtiger Macho war. Daraus schloss John, sich als Vorzeige-Macho aufführen zu müssen. Er ging vor Linda durch die Türen, hatte sich einen Film nach seinem Lieblings-Genre „Splatter" herausgesucht und zahlte nur seine eigene Karte sowie sein eigenes Jumbo Popcorn.

Der Film begann: *Chainsawsharks 3D, Kettensägenhaie aus dem All.* Für John klang des Filmtitels sehr vielversprechend. Er konzentrierte sich voll und ganz auf die fliegenden Körperteile, die wirbelnden Riesentitten und zahlreiche stumpfe Sprüche. Nach einer Sexszene in einem intergalaktischen Delphinarium sah John zu Linda. „Möchtest du Popcorn?" Und er zauberte damit ein kleines Lächeln in ihr Gesicht. Also griff sie in den Popcorn-Eimer.

>> „Iih!" <<

Linda schrie auf. Den anderen zwei Kino-Besuchern fiel der angewiderte Laut nicht einmal auf. Linda war erschrocken. Sie blickte in den Eimer. Umringt von ein wenig Popcorn starrte sie auf einen erigierten Penis. Dann sah sie John an, der seine Augenbrauen zwei Mal anhob. *Oh, Johnny.*

„Nein." Johns Grinsen verflog. Seine Geheimwaffe hatte nicht gezündet. Linda sprang auf und verließ das Kino. Schnell zog John sein Jumbo-Gemächt aus dem durchstoßenen Boden des Jumbo-Eimers. Durch das große Loch rieselte Popcorn in seine geöffnete Hose. Er stopfte alles zusammen in seine Hose und rannte Linda hinterher. Außerhalb des Saals erreichte er sie und stellte sich ihr in den Weg.

„Ich dachte, du langweilst dich vielleicht." Linda sah ihn skeptisch an. „Ich bin wirklich sehr aufgeschlossen, glaub mir. Aber sowas? Auch noch beim ersten Date?" „Tschuldigung", John setzte seinen Dackelblick auf, der mehr als bei allen Anderen einem echten Dackel glich. „Dein Kompliment hat mir gefallen, aber alles Andere …" „Der Film hat dir auch nicht gefallen?" John war schockiert. Doch Linda überraschte: „Der Film ist ganz witzig. Eigentlich mag ich solche Trash-Filme." Sie wollte John im Moment nicht direkt ansehen. John roch ihr süßes Parfüm, beäugte das zierliche Mädchen, nahm ihr kleines Kinn und sah direkt in ihre Augen. „Es tut mir leid. Gibst du mir noch eine Chance?" Es waren die zum ersten Mal komplett richtig gewählten Worte und die zärtliche Geste, die Linda schließlich überreden konnten.

Und an diesem Abend bereute sie ihre Entscheidung nicht. Lautstark machten sie sich über die übertrieben brutalen sowie geistlosen Szenen witzig, lachten und genossen das Date. Dass sie in John ein gewisses Maß an Arbeit investieren musste, machte Linda nichts aus. So lange sein Herz am rechten Fleck saß, nahm sie diese Herausforderung gerne an.

HYSTERIE

Phil setzte, mit dem freudigen Gefühl wieder ein Kapitel seines Buches abgeschlossen zu haben, einen Punkt an das Satzende. Es war Sonntagmittag und Phil schlüpfte in seinen neuen Anzug. Unter dem weißen Sakko trug er ein rotes Hemd. Phils Euphorie von einem sehr gut verlaufenen Date hielt immer noch an. Nicht nur John tastete sich in der Frauenwelt voran. Gestern kam es zum ersten Mal seit vielen Jahren wieder dazu: Sex mit einer Frau, die er bisher kaum kannte, aber zukünftig besser kennen lernen wollte. Dass ihn John heute als Begleitung zu einer Hochzeit zerrte, störte ihn deshalb kaum. Phil sprühte sich mit Deodorant ein. Auf Parfüm musste er leider verzichten, da er seines am Vorabend vor Nervosität aufgebraucht hatte. Heute war ihm sein Geruch gleichgültig, denn schon bald, so dachte er, hätte er eine feste Freundin. Nichtsdestotrotz machte er sich Gedanken darüber, dass der von John gekaufte Anzug in der Kombination mit seinem Hemd sehr auffällig war. John kam ihm in den letzten Wochen etwas gestresst vor. Es schien so, als hätte er einen neuen Plan ausgearbeitet von dem Phil jedoch nichts wissen wollte. Er griff nach den Autoschlüsseln des Mietwagens, welchen John vorher für die lange Fahrt abgeholt hatte. Es war ein weißer Sprinter. Und neben dem auffälligen Gewand, ließ auch die Größe des gemieteten Wagens einige Fragen offen.

Nach etwa einer Stunde Fahrt mit John, der sich wie ein kleines Kind auf die Hochzeit freute, kamen sie an ihrem Ziel an und suchten sich einen Parkplatz. John hatte unaufhörlich von Linda gesprochen, während Phil noch einige Details zurückhielt. Er war nicht der gesprächige Part des Duos, sondern hörte lieber zu. Seine Worte wählte er immer mit Bedacht und sparte sie sich für den richtigen Moment auf. Phil sah beeindruckt an einem kleinen Schloss empor. Er fand diese Location sehr angemessen für eine Hochzeit. Außerdem piepste sein Handy, welches ihm auf diesem Weg mitteilte, keinen Empfang mehr zu haben. Diesen Umstand empfand er als großen Vorteil. Wahrscheinlich traf dies auch auf alle anderen Handys an diesem abgelegenen Ort zu. Und die zwischenmenschlichen Beziehungen würden einmal nicht durch die mediale Überflutung leiden müssen, welchen Effekt Phil schon seit längerer Zeit negativ auffallend bei anderen beobachten konnte.

Phil und John waren spät dran, die meisten Gäste hatten schon im Hof Platz genommen und warteten nun auf die Zeremonie. Es war eine sehr kleine Hochzeit mit einer Hand voll Gästen, der Band und einem Pfarrer. Unauffällig versuchte sich Phil unter die Leute zu mischen, was sich als Weißer in einem weißen Anzug unter Dunkelhäutigen mit dunklen Anzügen als sehr schwierig erwies. John wollte noch schnell ein Geschenk aus dem Wagen holen und verschwand hinter den Hoftoren, die sich kurz danach schlossen. Darauf achtete Phil jedoch nicht. Am Horizont fing es märchenhaft an zu dämmern. Dann fing die Jazz-Band an zu spielen und die Braut präsentierte sich. Laut John war sie eine gute Kollegin, die ihn plus Begleitung eingeladen hatte. Unter den familiär zum Bräutigam passenden Gästen konnte Phil allerdings keine weiteren, möglichen Kollegen ausmachen. Dies wunderte ihn. Das romantische Schauspiel wurde fortgesetzt. Die Braut lief nur wenige Schritte und plötzlich brach sie aus – *die Hysterie*.

*

Zoa setzte, mit dem freudigen Gefühl bald wieder verheiratet zu sein, einen Punkt an das Satzende ihres Gelübdes. Es war Sonntagmittag und die Gäste trafen langsam ein. Es war nicht das erste Gelübde, das sie geschrieben hatte. Deshalb hatte sich Zoa das Schreiben bis zum letzten möglichen Augenblick aufgehoben, um sich spontan etwas aus ihren Fingern zu saugen. Sie würde etwas Bekanntes verwenden und sich dafür nicht viel Mühe geben. Die heißblütige Brasilianerin war von einem anderen Schlag. Ihr Afro war mit einem goldenen Band nach hinten gebunden. In ihrem untraditionell schwarzen

Brautkleid und dem dezent aufgetragenen Make-up sah sie hinreißend aus. Eingeladen waren nur die engsten Freunde und Verwandten ihres Verlobten. Sie selbst gab vor, keinen Bekanntenkreis zu haben. Ihr Bräutigam respektierte und vertraute Zoa, denn er liebte sie so, wie sie war. Außerdem schienen an diesem Ort alle ein Geheimnis zu haben. Vom Inneren der Burg konnte Zoa Schritte hallen hören. Ein verwirrter Gast musste sich verlaufen haben – Tap, Tap. Dann fing die Band an zu spielen und es wurde Zeit für ihren Auftritt. Die Schritte kamen näher, wurden aber dumpfer und durch die Musik übertönt – Tap. Nachdem Zoa sich ihr dunkles Strumpfband hochgezogen hatte und ihr Kleid wieder fallen ließ schritt sie durch die edel gemusterte Holztür, die direkt zum Burghof führte. Als sie in das Sonnenlicht trat richteten sich alle Blicke auf sie und sie konnte nur den ihres Verlobten vertraut erwidern. Dann rissen die Gäste ihre Augen noch weiter auf und starrten an ihr vorbei. Als sich Zoa umdrehte blickte sie in ein weiteres vertrautes Gesicht und plötzlich brach sie aus – *die Hysterie.*

*

John setzte, mit dem freudigen Gefühl bald wieder befördert zu werden, ein Häkchen vor den vorletzten Punkt seiner Checkliste. Nachdem er herausgefunden hatte, wer sich hinter den Überwachungskameras verbarg und Zoa längere Zeit privat beobachtet hatte, hatte er den heutigen Tag ausführlich geplant – alleine – sodass dieser Mord eindeutig seine Handschrift trug.

- ✓ Großes Fluchtfahrzeug mieten.
- ✓ Gerät ausleihen und einladen.
- ✓ Um 14.15 Uhr losfahren.
- ✓ Parken und Phil beschäftigen.
- ✓ Hoftore schließen.
- ✓ Sprinter vorfahren und Tore versperren.
- ✓ Ausladen.

- ✓ Schloss betreten.
- ✓ Personal isolieren.
- ✓ Einsatz der Band abwarten.
- O *Hysterie*.

Und hier war Johnny. Das Gerät in seinen Händen fing an, metallisch zu rattern und sein ergänzendes Grinsen löste eine Massenhysterie aus. Er wackelte, weil er es vor einigen Zeiten in einem Film gesehen hatte, mit seinem Kopf und seinen Armen in der Luft hin und her. Die Kettensäge folgte seinen Bewegungen, das blanke Sägeblatt drehte sich um sich selbst und der Motor tuckerte weiter. Als John langsam auf Zoa zuging, flohen die Gäste und der Pfarrer in Richtung der großen Tore. Zoa stand John am nächsten und verfiel überwältigt in eine Art Schockstarre. John wurde schneller. Der dunkelhäutige Bräutigam warf sich vor seine Braut, die kurz darauf mit ansehen musste, wie sein Kopf wie ein schwarzer Basketball durch die Luft flog. Die Dämmerung wurde in ein dunkles Rot getaucht. John stieß die Kettensäge mit einer Wucht in den Körper der Braut. Geblendet von der untergehenden Sonne, sahen die panischen Leute nur die schwarzen Umrisse der ersten beiden Opfer und des Irren Killers. Sie konnten die Tore nicht aufstoßen und die steinernen Mauern waren zu hoch und zu glatt. Trotzdem versuchten sie übereinander zu klettern, um diesem Horror zu entkommen. Um den ersten Gast, der panisch auf seinem Handy rumtippte, kümmerte sich John als Erstes. Durch die Luft flogen Blutspritzer, Körperteile und ein Handy. Über seine Lippen kamen die ersten Zahlen: „1, 2, 3." Während sich die panischen Menschen an den Mauern stapelten, kümmerte sich John zunächst um die Band. Diese wehrte sich vergeblich mit ihren Instrumenten. „4, 5." Einen einzelnen Flötisten zwang er zum Weiterspielen – etwas Heiterem. Dieser hoffte inständig auf das andere Schlosspersonal, welches John zuvor unerkannt und wirklich geschickt in die Speisekammer gesperrt hatte. Was die wenigen Gefangenen zuvor für einen Partystreich gehalten hatten, entpuppte sich nach den neuerlichen Angstschreien als der blanke Horror. Vermutungen ließen sie feige in den Ecken kauern und Hilfe abwarten. Und draußen gewann der Wahnsinn die Oberhand.

Als der Menschenturm beinahe hoch genug für das Erklimmen der Zinnen war, war John zur Stelle und sägte den beiden unteren Leuten ihre Beine ab, die Kreuz und quer mit folgenden Armen und Köpfen im Hof verteilt wurden. „6, 7." Wie ein Kartenhaus fiel der Turm aus Menschen in sich zusammen und John konnte sich über die Gefallenen her machen. Die letzten Drei rappelten sich aber schnell wieder auf und rannten zum Burgeingang. Unter heftigem Tränenfluss wurde die Musik des Flötisten immer schlechter und gefiel John immer weniger. Enttäuscht watete John durch Blut und Gedärme. Der metallische Geruch wich Gestank. Der Musiker war von oben bis unten nass. Urin und Scheiße hatten sich zu dem Tränenerguss hinzu gesellt. John köpfte ihn angewidert aber dennoch mit großem Bedauern. Der abgetrennte Schädel haftete noch an dem Instrument. An der silbernen Querflöte verbissen, endete das Flötensolo mit einem langgezogenen Pfiff, einem dumpfen Schlag und einem rollenden Kopf. Die musikalische Untermalung erstarb. „8."

Als die beiden letzten Männer und der Pfarrer vor der Pforte des Teufels standen, aus der die Braut und Johnny kurz zuvor gekommen waren und merkten, dass diese ebenfalls verriegelt war, beschlossen sie, das Monster zusammen zu überrumpeln. Er war immerhin nur einer, sie waren in der Überzahl – eine Idee, auf die sie auch früher hätten kommen können. Die Männer rannten brüllend auf John zu. Sie waren wie der vordere Kopf einer wild gewordenen, beinahe unaufhaltsamen Stampede.

Phil stand vor dem Buffet und beobachtete das Geschehen mit gemischten Gefühlen durch eine Eistrophäe, die seine Aussicht zu seinem Wohle trübte. Er stellte sich nur eine Frage: Warum hatte John ihn zu seinem Gemetzel eingeladen? Intuitiv packte Phil den kalten Amor, der zwischen seinen Händen anfing zu schmelzen und warf ihn soweit er konnte. Das Eis kam direkt vor den Füßen der stürmenden Männer auf. Amors Bogen und Beine brachen durch den Aufprall auf dem weichen Grasboden ab. Winzige Scherben aus Eis wirbelten zwischen den Bruchstellen hervor. Zwei der kriegerischen Männer fielen zur Folge des aufprallenden Eiskorpuses übereinander. Der Vorderste landete unverhofft in Johns Kettensäge, die seinen Leib so lange zerfetzte bis John das Stahlblatt zu dessen Schultern wieder rauszog, um die gestürzten Männer wie eine Traube und einen Käsewürfel zu durchbohren. Zuletzt flogen die Bluttropfen des Pfarrers an dem rot getrübten Himmel vorbei und landeten in Johnnys Gesicht. „11!", rief er. „Das müssten alle sein." Er warf das metallische Ungetüm fort. Mit seinen blutverschmierten Händen, die das Papier in seinen Händen färbten, setzte John anschließend das letzte Kreuz auf seine Liste.

In Phil kämpften Entsetzen, Angst, Wut und genau acht weitere Gefühle darum, *Obergefühlshaber* zu werden. Ihn überkam der Gedanke, dass die Verwirrung der ganzen Welt auf seinen Schultern lastete, als er sich fragend an John richtete: „Was zum Teufel ...", Phil schluckte einen dicken Knollen runter, „... was zum Teufel soll die Sauerei hier?" Sein Blick wanderte über das Meer von Leichen. John grinste jedoch nur zufrieden und versuchte dann seinem Freund seine Tat zu erläutern: „Morgen bewerbe ich mich auf ihre Stelle", er zeigte auf die durchbohrte Braut, „und werde dann der neue Überwachungskameramann." „Toll für dich! Alle hier sind tot", entgegnete Phil seinem Freund. „Ja, und ich wusste, dass du mir irgendwie dabei helfen würdest. Das war alles Teil meines hervorragenden Plans." John blickte zur langsam schmelzenden Eistrophäe. Phil ging einen Schritt auf den am Boden liegenden Amor zu und hob ihn hoch, dann wendete er sich wieder an John: „Ich verstehe das nicht. Inwiefern ist das Ganze hier ein hervorragender Plan?" „Pass auf", setzte John mit der Erklärung an, „die Braut war mein Ziel. Ich habe sie eine längere Zeit lang privat beobachtet und mich heute selbst auf ihre Hochzeit eingeladen. Der Clue daran ist die Kettensäge", John zeigte auf die fallen gelassene Tatwaffe. „Gehört ihrem Exmann, der heute wieder zu Hause schmollt und alte Hochzeitsfotos von ihm und seiner Exfrau anschmachtet, die ihn um einige Millionen erleichtert hat. Wir haben also eine Tat, eine Tatwaffe und einen dazugehörigen Täter mit Motiv, ohne Alibi – Tada." Beinahe beeindruckt von Johns Kombinationsfähigkeiten, die er wohl nur durch Filme und Comics erworben hatte, stellte sich Phil noch eine maßgebliche Frage: „Und wieso mussten alle anderen hier sterben? Als ob du die Frau nicht alleine erwischt hättest." John verzog sein Gesicht zu einem kurzen Grübeln und antwortete nach einer kurzen Denkpause: „Damit das Motiv eindeutig ist, denke ich mal. Damit keine Querbezüge geschlossen werden und ich nicht wieder unter die Lupe meines neuen Kumpels, dem Kommissar lande, sobald ich meinen neuen Job antrete. Dafür kann man schon mal ein paar Armleuchter opfern. So etwas Ähnliches habe ich letztens im Fernseher gesehen. Das meiste Personal konnte ich außerdem anders isolieren. Die stecken noch in der Speisekammer fest, so schnell kommen die da nicht mehr raus."

„Oh, Johnny ...", rügte ihn Phil, bevor er die, vom Blut triefende Eistrophäe wieder auf den Grasboden krachen ließ. Amors eisiger Körper zerbrach in zwei Hälften. Mehrere transparente Teilchen splitterten ab. Kleine Eiskristalle flogen empor und wirbelten glitzernd durch die Luft. Vom letzten Sonnenlicht beschienen, schimmerten sie zugleich hellblau und dunkelrot.

John und Phil trotteten durch die Burg zurück zu ihrem Gefährt hinter den Hoftoren. Entgeistert stellte Phil eine letzte Frage: „Und was sollte die psychotische Mitzählerei?" „Ganz einfach: Nach meiner gründlichen Vorbereitung wusste ich natürlich genau, wie viele Gäste unsere hübsche Lady eingeladen hatte. Ich musste sicher gehen, dass keine Zeugen zurück bleiben." „Das nächste Mal werde ich dir wieder helfen." Phil glaubte nun das volle Ausmaß von Johns Brutalität zu kennen und wollte ihn nicht mehr alleine auf die Welt loslassen. Und um sich ihm entgegenzustellen, war das Band, dass sie zusammenhielt, zu dick. Doch am meisten beunruhigte Phil, dass John das Ganze alleine planen konnte und ihn komplett ausgeschlossen hatte.

BEEINFLUSSUNGSERLEBNISSE

Silvia entglitten lüsterne Schreie, während sie vorgebeugt über ihrem Schreibtisch kräftigen Stößen ausgesetzt war. Der Mann fuhr mit seiner rauen Hand unter ihre geöffnete Bluse und griff ihre linke Brust. Mit seiner anderen Hand hielt er Silvias Rock empor und packte sie zugleich fest über der Hüfte. Er entblößte ihre Brüste, die durch die festen Stöße auf und ab sprangen. Von der Lust getrieben ereilte Silvia ein festerer Stoß, welcher sie weiter auf den kalten Tisch hebelte. Ihre Brüste lagen nun gepresst auf der Glasplatte und ihre hohen Schuhe ragten gespreizt nach oben. Durch die neue Stellung wurde auch das Gesicht des Mannes erkenntlich. Der Mann, der Silvia in dieser Sekunde in Ekstase versetzte, war niemand Geringerer als Adam Van Buyten.

„Stopp", keifte ihn Silvia in diesem Moment an. John presste seinen schmutzigen Finger auf den schwarzen Pause-Knopf und der Film stoppte bei einer Szene, in welcher Silvias und Adams erregte Gesichter und Leiber gut sichtbar waren. „Was wollen sie damit bezwecken?" John, der der Sekretärin die schmuddlige Dokumentation vorgeführt hatte, entgegnete ihr gelassen: „Meine Bewerbung Miss Roché. Ich habe noch drei weitere Teile von Ihren Abenteuern – zwei davon mit unserem alten Hausmeister und einen weiteren Hardcore-Streifen mit Ihnen und dem Geschäftsführer. Nun dachte ich mir, dass sie mir die Stelle des neuen Überwachungs-Heinis weniger freiwillig überlassen, wie das letzte Mal. Zu diesem Zweck biete ich Ihnen einen Tausch an, mit dem wir beide und natürlich auch unser guter Chulio Tremante zufrieden sind." Erwartungsvoll blickte John in Silvias entzückende Augen, welche seinen Blick auf einmal betörend erwiderte.

„Das wäre doch nicht nötig gewesen Herr Stephom." Sie legte ihren schmalen Kopf behutsam zur Seite. „Vergessen wir einmal die fragwürdige Tatsache, dass ich erst gestern von dem blutrünstigen Hochzeitsmassaker gelesen habe, den Todesfall von Zoa Peres erst heute Morgen überprüft habe und die Stelle theoretisch erst heute frei geworden ist." John setzte, wissend dass eigentlich niemand etwas ahnen konnte, einen unschuldigen Blick auf und ließ Silvia ohne zu unterbrechen weiter sprechen: „Zeigen Sie die Filmchen wem sie wollen. Falls Sie Interesse haben, schicke ich Ihnen auch gerne einen Link und die Zugangsdaten zu meiner Webseite. Unter uns, ich finde den Ausschnitt, den Sie mir gezeigt haben, gar nicht schlecht. Also würde ich Sie lediglich um eine Kopie für meine Seite bitten. Aber bekommen Sie jetzt bitte keine Angst."

John bekam etwas Angst. Er konnte nicht erkennen, ob er es hier mit einem perfekt durchgeführten Bluff zu tun hatte, oder mit der Wahrheit. „Die Wahrheit ist, Herr Tremante hat Sie bereits heute Morgen für die Stelle empfohlen. Ich gebe Sie Ihnen. Was sagen Sie dazu?" John hatte noch nie besonders gute Menschenkenntnisse gehabt. Also konnte er solche Vorkommnisse ohnehin nicht gut deuten. Er antwortete der Sekretärin nach einer kurzen Bedenkzeit schließlich erfreut: „Und ich gebe Ihnen die gewünschten Kopien." Silvia nickte aufreizend. An ihrer überlegenen Körperhaltung änderte sich aber nichts.

„Das Vertragliche klären wir dann am Montag." John legte seine Hand auf einen losen Zettel und schob ihn langsam zu Silvia über den Tisch. Diese sah ihn irritiert an. Dann bat John sie um eine letzte Kleinigkeit: „Schreiben Sie am besten noch diese Zugangsdaten und das Andere für ihre Webseite auf, bitte." Er entlockte Silvia das erste Lächeln. Diese griff zu ihrem Stift und schrieb die gewünschten Daten auf. Dann faltete sie den Zettel in der Mitte und umschloss die weißen Fasern mit ihren hellrot geschminkten Lippen. Nach einem leisen Schmatzer reichte sie John das gebrandmarkte Papier und hauchte ihm ein herrisches „auf Wiedersehen" entgegen. John drehte sich um, roch an dem hängengebliebenen Lippenstift und steckte den Zettel schließlich in seine Brusttasche. Er schlenderte zum Ausgang und öffnete die Tür. Ein letztes Mal drehte er sich zu der Sekretärin um, deren überschlagene, blanke Beine man nun unter dem Schreibtisch sehen konnte, und sagte: „Die Disk dürfen Sie behalten, die anderen Filme kommen nach." Er trat durch die Tür und ihm wurde bewusst, dass sich seine Meinung geändert hatte. Silvia war zwar heiß, aber eigentlich konnte er nur noch an Linda denken. Etwas anderes kam ihm nach dem merkwürdigen Verlauf des Gespräches nicht in den Sinn.

Vor der Mittagspause hatte er noch ein wenig Zeit, um einen Umweg zu Linda einzuschlagen. Als er an ihrer Tür lauschte und schließlich leise anklopfte tat sich allerdings nichts. Vorsichtig drückte er die Türklinke herunter und als sie einen kleinen Spalt offen war, schielte er hindurch. Das Zimmer war leer. Linda schien frühzeitig Pause zu machen. Er beschloss, sich reinzuschleichen, um ihr eine Nachricht zu hinterlassen. John zog einen rangschierten Kugelschreiber aus seiner Hosentasche. Dann durchsuchte er das Arbeitszimmer nach einem Blatt Papier. Offensichtlich stießen ihm aber nur wenige andere Objekte ins Auge:

- Ein Bürosessel mit aufgelegtem Handtuch
- Ein großer Spiegel mit einem Sims
- Darauf Vibratoren in den unterschiedlichsten Formen und Farben
- Ein kleines Ecktischchen auf dem nur Platz für das altmodische Kabel-Telefon war
- Eine grüne Topfpflanze

Insgesamt war das Büro sehr klein und John wollte Lindas einzige Schublade nicht durchwühlen. Ein Umstand, der zeigte, dass er Linda wohl als einzige Person wirklich respektierte. Bei jedem anderen hätte ihn sein Gewissen nicht davon abgehalten. Er durchwühlte seine Brusttasche und zog schließlich den Zettel von Silvia hervor. Hiervon riss er ein Stück ab und schmiss den beschriebenen Rest in den Papierkorb. Er legte den Fetzen auf Lindas Tisch und presste ein paar Worte auf das bisschen Papier, das er hatte.

>> War hir. Vermise dich. Dein Pupsi <<

Seine Mittagspause machte John heute etwas später. Seit dem Vormittag warteten schon einige unerledigte Aufgaben auf ihn, deren er aber seine Pause vorzog. Im Keller nisteten anscheinend Scharen von Ratten. Und irgendwo auf diesem Stockwerk war eine Fruchtblase geplatzt. Die Sauerei musste er noch aufwischen. Diese Dinge hatten für John keine hohe Priorität. Er hatte Hunger und machte sich auf den Weg zum Asiaten um die Ecke.

Auf seinem Rückweg über den Michaels Platz entdeckte er wieder den merkwürdigen Mann in der Telefonzelle. Dessen Kopf verfolgte Johns Gehrichtung. Er wollte seinem Schatten gerade auf den Grund gehen, als er Beppe und Libero neben der Statur sah. Nachdem er wieder zu der Telefonzelle blickte, war die Person verschwunden. John zuckte mit seinen Achseln und ging glücklich mit einer Nudelbox und Stäbchen in den Händen auf Beppe und Libero zu. Diese verdrückten gerade ein paar Mega Burger. Hinter ihnen, am heiligen Michael, klebten einige Scheiben saurer Gurken. „Libeppo, das dynamische Duo, Hallihallöchen." Beppe und Libero sahen verwundert in die Richtung der Ansage und erblickten John, der mit asiatischem Essen näher rückte. Libero verdrehte seine Augen, während Beppe vergnügt am Mampfen war und gar nicht auf seine Umgebung achtete. „Mahlzeit", nuschelte Beppe un-behelligt und wieder mit vollem Mund. „Mahlzeit", entgegnete John und klackerte mit den hölzernen Stäbchen. Er versuchte sich zu integrieren und setzte sich genau zwischen die beiden Fensterputzer. Libero, der gerade noch zu Beppe und nun zu John gewandt war, lehnte seinen Rücken an den kalten Stein und sah mit leerem Blick gerade aus. Dann sprach er John an, ohne sich wieder zu ihm zu richten: „Is´ heute ungewohnt spät für deine Mittagspause oder nicht?" John öffnete seine Nudelbox und bewies überraschend kunstfertig seinen Umgang mit den Stäbchen. „Mh ...", er schluckte, „... mir ist was dazwischen gekommen. Kann einem fleischigen ..." John hatte sich versprochen und fuhr das Wort verbessernd fort: „Einem fleißigen Hausmeister schon mal passieren. Haben uns eine Weile nicht mehr gesehen. Seid wohl vom Dach hierher umgesattelt, was?" „Nicht direkt", antwortete Libero, jetzt durch die grelle Sonne geblendet und den Schädel etwas tiefer gerichtet. Beppe ergriff die Chance, um zwischen seinem schnell verdrückten Mega Burger und dem Nächsten auch etwas zu sagen: „Sind in nächster Zeit bestimmt wieder auf dem Dach. Können dir ja mal ne Pizza mitbringen."

John wandte sich zu Beppe und antwortete positiv überrascht: „Oha, voll gut. Salami, Schinken, Hackfleisch und Tintenfisch esse ich auf Pizza am liebsten. Wann ich sonst immer Pause mache, scheint ihr ja genauestens zu wissen." „Was von alle dem?" Hakte Beppe nach, bevor er sich wieder seinem Essen widmete. „Alles zusammen", sagte John. Beppe hielt kurz inne. Den Burger hatte er mit einem riesigen Biss umschlungen. Dann biss er ab. Das Stutzen von Beppe nicht wahrgenommen, setzte John wieder an seiner Antwort an: „Mein Lieblings-Pizzaservice, bei dem ich manchmal was bestelle, hat diesem Leckerbissen sogar einen Namen verpasst. ‚Einmal Fleischbombe' sagt der Ausländer am Telefon immer, wenn er meine Stimme erkennt oder meinen Namen hört. Ihr bekommt dann auch ein Stück zur Kostprobe ab." „Nein, Danke", blaffte Libero, während Beppe nachdenkend mit seinem Kopf wippte. Eine ganze Weile schmatzten die drei Kollegen ohne weiteren Gesprächsstoff einzuwerfen. Kurz bevor Beppe seinen vierten Burger verdrückt hatte und noch die Hälfte von Liberos zweitem Burger nachlegte, fiel John die gute Nachricht ein, die er seinen Freunden mitteilen konnte: „Wir sehen uns ab sofort allerdings etwas seltener. Also jetzt, wo ich wieder befördert wurde." Neben Beppe, der vergnügt vom Essen ohnehin schon die ganze Zeit lächelte, fing nun auch Libero an zu grinsen. Er fragte John plötzlich interessiert: „Und wieso das?" „Nunja, ich sehe euch vermutlich schon noch oft, aber ihr könnt mich dann nicht sehen." Libero drehte seinen Kopf, zum ersten Mal seit John da war, zu ihm herum und sah ihn fragend an.

„Kein Witz, ratet", forderte John. „So ein Quatsch", entgegnete Libero und wandte sich wieder ab. Beppe hatte ebenso wenig Lust zu raten wie Libero und zuckte nur mit den Achseln, als ihn John erwartungsvoll ansah. „Schon gut, ich möchte euch nicht auf die Folter spannen. Ich sitze ab sofort als Sicherheitswachmann, oder wie man das sonst nennen mag, hinter den Überwachungskameras." „Ist das so?" Libero sprach seinen Satz weniger fragend sondern viel mehr feststellend aus und sah dann an John vorbei zu Beppe, welcher sich seine Finger leckte. „Schön für dich", sagte Libero. Er sah zu Beppe und nickte nach rechts, um so ihren Aufbruch zu signalisieren. „Ja, gratuliere, wir sehen uns dann bestimmt demnächst wieder in der Pause auf dem Dach", sagte Beppe zu John, während er und Libero aufstanden. „Weiter machen", forderte John die Beiden auf und salutierte wieder, während er sie mit seinem süß-sauer befleckten Mund angrinste. Dann widmete er sich wieder dem übrig gebliebenen Bodensatz seiner Nudelbox.

„So ein Vollidiot", lästerte Libero in der endlich errungenen Abwesenheit von John. Beppe und Libero liefen auf einem großen Steinweg in die Richtung des Callcenters, um ihrer Arbeit weiter nachzugehen. Libero schlürfte, genervt von der unterwanderten Mittagspause, über den Boden. Beppe sprach zu seinem Bruder: „Ich kann den Typ auch nicht leiden. Der is´ irgendwie voll komisch. Aber Chulio scheint ihn zu mögen." „Hast' Recht. Würde gerne wissen, warum."

>> „Ohja, ich auch ..." <<

TRAUMA

Phil und John sprachen nie über ihre Vergangenheit. Über den prägenden Ereignissen ihrer Kindheit schwebte ein imaginäres *Betreten-verboten-Schild*, welchem eine unüberwindbare Mauer folgte. Doch nach den jungfräulichsten Ereignissen musste Phil über das jahrelang Unausgesprochene reden. Dies schob er bis nach dem Liebesspiel mit seiner neuen Freundin – Viola – auf. Die Beiden lagen zusammen in dem durchwühlten Bett im Zentrum eines kleinen Raumes, der gleichzeitig Schlafzimmer, Küche und Esszimmer war. Das Motelzimmer, in dem Viola zurzeit lebte, beinhaltete weiterhin nur ein kleines Badezimmer, welches jedoch wie der Rest erstaunlich modern eingerichtet und sauber war. Dies widersprach dem äußerlichen Auftreten des Motels beinahe gänzlich.

Auch Viola spiegelte nicht gerade die Art von Gästen wieder, die ein solches Motel aufsuchten. Während hier untreue, fette Ehemänner und magersüchtige Koksnutten ein- und ausgingen, konnte man Viola als durchschnittlich hübsch und proportional gut gebaut schildern. Sie hatte eine mittellange, braun schimmernde Topffrisur, unter welcher ein sympathisches Gesicht schlummerte. Als sie sich ihre Unterwäsche unter der dicken Decke überstülpte und sich kurz im Bad frisch gemacht hatte, platzte die ganze Geschichte wie ein gezündeter Knallfrosch aus Phil heraus. Während er damit anfing das Thema anzusprechen, legte sich Viola auf die Decke, die Phil noch umhüllte und schob eines ihrer blanken Beine auf ihn, um ihm zuzuhören: „Viola, Liebling, ich habe mittlerweile das Gefühl, dich ewig zu kennen." Sie blickte von der Seite in Phils Augen und nickte. Dann antwortete sie frech: „Und ich kenne einen tollen, mysteriösen Kerl, bei dem es mir mit ein paar weniger Geheimnissen ähnlich gehen könnte." Sie schmiss ein rotes Kissen in Phils Richtung. Dieser schmiss das Kissen aus dem Bett und kitzelte sie kurz über der Hüfte, wurde dann aber wieder ernst und fuhr fort: „Dann möchte ich jetzt gerne ein paar Geheimnisse lüften." Gespannt blieb Viola liegen, während sich Phil aufrichtete, um

Teile seiner Vergangenheit preiszugeben:

~

„John und ich sind sehr verkorkst. Solange wie ich mich zurück erinnern kann, waren wir die besten Freunde. Als jüngstes Waisenkind unter anderen Waisenkindern hatte ich es immer schwer. Und wegen seiner verzogenen Art wurde John von klein auf gehänselt und von klein auf hielt ich zu ihm. Wir haben uns immer gegenseitig verteidigt. Und entgegen jeder Grausamkeit der Kinder, waren seine Eltern für die größte Untat verantwortlich. In jener Nacht sind wir abgehauen. Du musst wissen, dass wir in einem streng gläubigen Nest aufgewachsen sind. Die ganze Gemeinschaft versammelte sich jeden Sonntag in der Kirche. Zu Hause blieben nicht einmal die Alten oder Kranken. Gebetet wurde morgens am Frühstückstisch, mittags in der Schule sowie abends vor und nach dem Abendmahl. John und ich fingen langsam damit an, unter der Gewalt der Kinder, Lehrer und Eltern, die auf uns in Form von Schlägen, Vergewaltigungen und Ignoranz niederprasselte, an Gott zu zweifeln. Dann wurde John sehr krank. Er war sogar so krank, dass ihn seine Eltern nicht mehr mit in die Kirche nahmen und zu Hause einsperrten. Wochen lang lag John mit fragwürdigen Symptomen im Bett und nur ich kam ihn, reinschleichend durch ein Fenster, besuchen. Seine Eltern, denen er vorher gleichgültig war, fingen damit an, ihr eigenes Kind zu hassen. Die Medikamente waren teuer und halfen nicht. Ich wich John nicht von der Seite, obwohl in der Gemeinde ein Sturm von Gerüchten aufzog. Eines gewitterreichen Abends kam, statt des Arztes, ein Pfarrer zu Besuch. Alle Dorfbewohner versammelten sich im Verlauf der Nacht vor seinem Haus. Ich lauschte an der Tür, um das Treppenhaus zu hören. Dort bekam ich mit, wie Johns Eltern den Heiligen darum baten, dem unheiligen Treiben ein Ende zu setzen. Und ich musste John intensiver beistehen als je zuvor. Also ging ich in das Zimmer zurück, ohne mich zu verstecken. Der Pfarrer schloss sich mit uns beiden in einem Raum ein und begann mit einem Exorzismus. Er beschimpfte mich abwechselnd als Teufelsbalk oder Dämon und zimmerte mir eine mit seinem Kreuz, als ich ihn biss. Er meinte, ich wäre Schuld an Johns Zustand, hätte seine Seele vergiftet. Durch den Hieb bin ich fast bewusstlos geworden. Unter dem ansteigenden Donnern des Gewitters wurde auch der Exorzismus immer gewaltsamer. Irgendwann träufelte er sogar Säure in Johns linkes Auge. Seine Netzhaut hat sich bis heute nicht vollständig regenerieren können. Am schlimmsten war die versuchte Vergewaltigung. Der Pfarrer hob irgendwann seine Robe und entblößte seine widerliche, untere Hälfte. Es war traumatisierend. Doch dann, in einem Bruchteil einer Sekunde, als ich wieder zu vollem Bewusstsein kam, schaffte ich es die Vorhänge mit den geweihten Kerzen zu entflammen. Ich sehe heute noch die schmorende Haut des Pfarrers vor mir, kann das verbrannte Fleisch riechen und die Schreie hören. Ich rettete Johns geschundenen Körper mit aller Kraft aus den Flammen und stieg mit ihm durch meinen Fensterzugang. Der verfluchte Heilige und seine gottverdammten Eltern starben in dieser Nacht kreischend und betend. Also habe ich Johns Eltern auf dem Gewissen. Und keiner kann so etwas vollkommen vergeben, ohne dass es weiterhin an ihm nagt. Egal wie schlimm seine Eltern auch waren. Mit einem Ansporn aus Rache, Glauben und Naivität verfolgten uns die Dorfbewohner bis wir hierher zogen. An Gott glauben wir schon lange nicht mehr. Aber trotz den traumatischen Vorkommnissen trägt John noch einen Funken Gutes in sich. Dieser zeichnet sich ab, indem er versucht erfolgreich zu werden, um irgendwann den Glauben an Gott mit dem Glauben an sich selbst zu ersetzen. Gerne wäre er Retter und Vorbild, würde als Symbol für das Gute kämpfen. Doch Sein Weg führt ihn in eine andere Richtung. Trotzdem glaubt er noch daran."

~

Phil sah in Violas wässrige Augen. Dieses Erlebnis musste

furchtbar gewesen sein. Das musste sie sich nicht untermauern lassen. Stattdessen stellte sie Phil nur eine einzige Frage: „Und an was glaubst du?" Kühle Luft durchzog das Zimmer wie ein eisiger Hauch.

>> An die Hölle. <<

ZERFAHRENHEIT

Das Rot spaltete sich. Feine Raspeln segelten hinab, gen Abgrund. Ein knochiger Finger strich gewaltsam über die entzündete Haut. In der anderen Hand dirigierte John ein fünf stöckiges Sandwich zu seinem Mund und biss genüsslich hinein. Kochschinken, Pfefferrandsalami, Schmelzkäse, saure Gurken und knusprige Salzbrezeln zerborsteten zwischen seinen Zähnen. Körniger Senf quetschte sich hinterrücks heraus. Ein voluminöser, gelber Tropfen platschte auf den knittrigen Pappteller. Plötzlich wurde Johns vergnügliche Schlemmerei von einem dezenten Klingeln unterbrochen. Es war Mittagszeit, an einem, durch das Klappern der Rollläden sehr windig zu schätzenden, Sonntag. Wer mochte John an seinem letzten freien Tag der Woche stören? Es klingelte kein zweites Mal, obwohl sich John auf dem Weg zu seiner Wohnungstür viel Zeit ließ. Er schielte durch seinen Türspion, doch dieser wurde verdeckt. John brachte ein langgezogenes „Hallo?" heraus. Es erklang keine Antwort. Stattdessen klopfte es genau zwei Mal an der Tür. Schnell stellte John sich alle Szenarien vor, mit denen diese Szene enden konnte.

Er öffnete die Tür: An einer ledernen Leine wurde sein alter Freund und Esel Hubert in sein Haus geführt. Diesem hatte er vor einigen Jahren ein Papp-Horn aufgeklebt und ihn dann als Einhorn mit dem Namen Gafunkel an ein kleines Mädchen verkauft. Ihr älterer Bruder hatte ihn nun gefunden und zog John zur Rechenschaft, indem er die Stirn des Esels an die seine nähte.

Er öffnete die Tür: Ein paar Gläubige eröffneten noch vor der Türschwelle eine offene Diskussion über ihren und seinen Glauben. Nach einigen Minuten bat John die Bibelverkäufer hinein, unterschrieb ein handgeschriebenes Dokument, legte seine Hand auf eine Taschenbuchausgabe der Bibel und empfing die christliche Taufe durch das gesegnete Wasser in einer Sprudelflasche. Da John zu seiner Überraschung von einem Dämon besessen war, fing seine Haut an zu schmelzen, seine

Augen verbrannten in einem grünen Feuer und seine Seele fuhr in die ewige Verdammnis.

Er öffnete die Tür: Das Haus wurde gestürmt. Polizisten pressten seinen Körper gewaltsam zu Boden, lasen ihm seine Rechte vor und verhaften ihn wegen öffentlichen Ärgernisses, einer illegalen Webseite namens *johnfobtbobbs.com* und einem kürzlich begangenen Morddelikt, welches für diesen Einsatz der Auslöser war.

Singende Chorknaben, Latexbekleidung und Guacamole konnten schließlich durch ein weiteres Klopfen nicht mehr zu einer weiteren Prophezeiung verarbeitet werden.

Er öffnete die Tür: Eine freundliche Stimme erklang:

„Johnnyboy! Na, wie geht's?"

„Hannes, altes Haus!" John lächelte den Kommissar mit gespielter Freundlichkeit an. Johannes erwiderte diese auf die gleiche Weise. „Darf ich reinkommen?" „Wer ist das?" Phil kam gerade aus dem Bad. Er hatte sich ein Handtuch um die Haare gebunden. „Es ist Hannes, der freundliche Kommissar von dem ich dir erzählt habe." John konnte seine Rolle, war es Absicht oder nicht, gut spielen. Phil wollte aber nichts riskieren. „Gibt es einen Grund für Ihren Besuch? Sonntagmittag ist eigentlich Ruhezeit. Das gehört sich nicht." Phil stellte sich wie ein Waschweib neben den Türrahmen. „Ich war gerade in der Gegend. Und da dachte ich mir, ich besuche kurz Johnnyboy und unterhalte mich ein wenig mit ihm." Mit diesen Worten betrat Johannes unaufgefordert die Wohnung. „Wenn du schon mal drin bist, setz dich doch Hannes." John bot dem Kommissar einen Stuhl an. Dann setzte er sich und aß sein Sandwich weiter. „Danke, ich stehe lieber." „Er geht ja auch gleich wieder." Auch Phil saß nun an dem Tisch und starrte den Hüter des Gesetzes an. „Also, was wollen Sie?" „Du kannst mich gerne auch Hannes nennen." „Danke, nein Danke. Ich bleibe beim Sie. Und Sie sollten das auch tun." „Wie Sie meinen." Johannes schnitt das *Sie* frech an und widmete sich wieder John. „Hast du schon das Neuste gehört, Johnnyboy?" John hatte einen vollen Mund. Er versuchte trotzdem, zu

sprechen: „S, njom, gab n Masskr bei nr Hchzt. Meinste ds?"
„Richtig, der Kandidat hat hundert Punkte." „Soll das witzig sein?" Phil grätschte dazwischen. Johannes zog nun doch einen Stuhl zu sich, drehte ihn um und setzte sich so, dass er die Arme auf die Lehne stützen konnte. „Ich spreche mit John." „Machen Sie es sich nicht zu gemütlich." Im Gegensatz zu John erkannte Phil ein Verhör, egal auf welche Art es geführt wurde. „Ich möchte nur ein paar Fragen stellen, dann bin ich weg." „Leg los, Hannes." „Was soll das. Sie haben den Täter. Die Zeitungen sind voll davon." „Nunja, die Sache ist die. Ich habe mich umgehört. Und unser Johnnyboy hat wieder einen neuen Job. Also wollte ich vorbei kommen und ihm gratulieren." „Danke." John freute sich. „Kommen Sie auf den Punkt!" Phil blieb stur. „Können Sie bitte einmal still sein." Johannes peilte John an. „Nach den letzten Morden ist das natürlich ein komischer Zufall. Ich möchte nur mein Gewissen erleichtern. Deshalb die Fragen. John, wo warst du an dem Tag des Massakers?" Phil übernahm die Antwort: „Er hat mir bei meinem Buch geholfen." „Dieses Sandwich ist klasse, willste mal beißen?" „Können Sie bitte John auf die Frage antworten lassen. Also Johnnyboy?" „Na ich hab ihm bei seinem Buch geholfen." „Gehen Sie jetzt?" Johannes ging nicht auf Phil ein. „War das zu dem Zeitpunkt, als die Leute grausam ermordet wurden?" Phil bemutterte seinen Freund weiter: „Von dem genauen Zeitpunkt stand nichts in den Zeitungen. Das können wir gar nicht wissen." Johannes sah Phil verärgert an. „Seien Sie einmal still." „Das ist ja unverschämt. Sind Sie überhaupt im Dienst?" Dann setzte er wieder eine freundliche Miene auf und sprach John direkt an: „Wie geht es sonst so? Gefällt dir der neue Job, Johnnyboy?" „Kann mich nicht beklagen, Hannes. Gefällt dir deine Arbeit denn noch?" John zog seine verkrümelten Mundwinkel hoch und lächelte. „Ich begleite Sie zur Tür." Phil stand auf. „Das würden Sie wohl gerne. Ich möchte mich vorher noch kurz umsehen. John, hast du was dagegen?" „Ja, hat er." „Mh, nö." Johannes wertete Johns Antwort. Phil sah seinen Freund entgeistert an. Johannes klopfte auf die Stuhllehne und

sprang auf. „Super." „Nicht mit mir. In mein Zimmer kommen Sie nur mit einem Durchsuchungsbefehl, Herr Kommissar." Die Bezeichnung klang abwertend, beinahe wie eine Beschimpfung. Phil stampfte davon. „Kompliziert, dein Mitbewohner." John zuckte mit den Schultern. „Manchmal vermisse ich meinen alten Freund Hubert."

Johannes machte nur eine kleine Runde durch die Wohnung. Dann verabschiedete er sich freundlich von John und wünschte einen schönen Sonntag. „Lebe lang und in Frieden", verabschiedete sich John. Dann ging er zu Phils Zimmer und wollte die Tür öffnen. Sie war verschlossen. „Heulst du?" „Bist du verrückt?" „Manchmal mehr, selten weniger. Mach die Tür auf." Ist der blöde Kommissar weg? John rollte mit den Augen. „Ja, schließ die scheiß Tür auf." Es klackte. Als John das Zimmer betrat, fiel seine Kinnlade fast durch den Boden, durch die Erdkruste, den Kern, die Ozonschicht und das Universum. Phil hielt seinen weißen, blutverschmierten Anzug in den Händen.

>> Das war knapp. <<

WAHNWARNEHMUNG

Die Sonne hing tief am Horizont und warf das restliche, dumpfe Tageslicht durch die geöffneten Fenster. John hatte erst am Vortag geduscht und war der Meinung, mit einem ordentlichen Durchzug in der Wohnung auch selbst etwas Frische abzubekommen. Er duschte in der Regel nur an Werktagen, meistens nur an jedem zweiten oder eher dritten. Heute Abend hatte er zudem vor, etwas Schärferes zu sich zu nehmen und ihm war es die Mühe nicht wert, sich heute schon zu waschen, wenn er später so oder so wieder schwitzte. Krampfhaft versuchte er sich weniger oft am Auge zu kratzen um ein entzündetes Auge einmal zu vermeiden. Momentan lief John noch nackt durch seine Wohnung, ohne sich Gedanken über die weit offen stehenden Fenster zu machen. Er lüftete nicht allzu oft seine Wohnung, in der irrtümlichen Hoffnung, damit Heizkosten zu sparen. Daher zog langsam ein lang gereifter Gestank aus allen Räumen und John kam in den seltenen Genuss einer reinen Atmosphäre. Phil schien sich schon an alle Macken seines Mitbewohners gewöhnt zu haben. Nach dem Gespräch mit dem Kommissar hatten sie sich darauf geeinigt, erstmal vorsichtiger zu sein. Dabei hatten sie es belassen. Beide widmeten sich nun lieber ihren Frauen.

Es war an der Zeit, sich in Schale zu werfen. John sortierte lange seine Unterwäsche. Zwischen den weißen Unterhosen war er auf der Suche nach seiner besten Boxershort. Frauen mochten Boxershorts mehr, dachte er sich. Dann ergriff er eine bunte Weite, mit Cartoon-Figuren bedruckt und eine weiße Engere mit roten Längsstreifen. Nach kurzer Bedenkzeit entschied er sich für die enge Boxershort. Er kümmerte sich mehr um seine Unterwäsche als um seine übrigen Klamotten, da er heute noch flachgelegt werden wollte und dieses Unterfangen nicht an einer weißen Unterhose mit Bremsstreifen scheitern sollte. Er schlüpfte in den gestreiften Stoff und sortierte sein Gehänge. Die restlichen Klamotten hatte John etwas schneller heraus gesucht. Hätte er den Anzug von der Hochzeit nicht verbrannt, hätte er sich heute eleganter gekleidet. Ihn zu behalten war aber zu riskant. Er stieg in eine dunkelblaue Röhrenjeans, dann steckte er seine Zehen in lange, karierte Socken und zog diese bis zum Anschlag nach oben. Danach quetschte sich John mit seinem dicken Schädel durch eines seiner wenigen Poloshirts und streifte darüber einen dunkelgrünen Pullover mit aufgenähten Flicken. Seit dem ersten Date mit Linda war dies sein Lieblingspullover. Den weißen Kragen brachte er mit den gleichen Fingern zum Vorschein, mit denen er sich noch einmal am linken Auge kratzte. Bislang hatte es sich tatsächlich weniger entzündet, als an anderen Tagen.

Selbstverliebt betrachtete er sich im Spiegel und streckte seinem Bildnis beide Daumen entgegen. Nach dem Wegstecken eines XXL-Kondoms, zweimaligem Besprühen mit Deodorant und dem Vergessen, sich von Phil zu verabschieden oder die Fenster wieder zu schließen, verließ John die Wohnung. Er stieg in den weißen Sprinter, auf den er nach der zweiten Vermietung Rabatte bekam. Dann startete er den Motor und machte sich auf den Weg zu Linda. Es war ihr fünftes Date. John verfuhr sich wenige Male und war, da er ohnehin zu spät losgefahren war, insgesamt eine halbe Stunde zu spät.

„Eine Dame lässt man nicht warten", schimpfte Linda und schritt dann kichernd an John vorbei, nachdem er sie mit einem Kuss begrüßt hatte. Er sah ihr fasziniert hinterher, gebannt von ihrem Hinterteil und der Tatsache, dass sie in ihrem engen, roten Cocktailkleid fast noch heißer aussah wie sonst. Als sich John wieder sortiert hatte, bot er Linda an, in den weißen Sprinter zu steigen. Wenn Linda John nicht gekannt hätte, wäre sie niemals in ein Auto gestiegen, in dem Verrückte Kinder oder Frauen entführten, brutal zerstückelten und anschließend in einem See versenkten.

Sie öffnete, nachdem John auf der Fahrerseite eingestiegen war, selbst die schwere Tür und lupfte sich bemüht in das hohe Auto. John hatte noch Einiges von ihr zu lernen. Dann wandte sie sich zum Fahrer. „Wohin fahren wir, Großer?" „Lass dich überraschen, Kleine", entgegnete John und legte den ersten

Gang ein.

Wenige rasante Fahrminuten später waren sie auf einem großen Parkplatz angekommen, auf dem noch einige freie Parkplätze übrig waren. Linda wusste schon jetzt, zu welchem Restaurant diese Parkplätze gehörten, traute sich aber aus Verunsicherung nicht zu fragen. Erst als sie tatsächlich zusammen durch die großen Eingangstüren gingen, war sie sich sicher. John hielt ihr die Tür auf. Linda war stolz auf sich. „Du gehst mit mir in das ‚Je t'aime'?" John lächelte seiner Begleiterin zu und sagte stolz: „Oui, oui, Madam." Linda machte eine beeindruckte Geste und sagte kurz bevor sie am Empfang waren: „Ich bin begeistert." „Empfehlung von zwei Kollegen. Heute bist du meine Nr.1." Er zwinkerte ihr zu und drehte sich dann wieder nach vorne. Aus dem, mit Marmor verkleideten Vorsaal, konnte man in den Speisesaal spicken und verschiedenste, schick gerichtete Speisen aus französischer Küche entdecken. Den kleineren Saal erfüllte ein rosiger Duft. Hinter einem kleinen Raumtrenner begrüßte sie ein gut gekleideter Mann mit einem dünnen Bart. Er war Mitte Dreißig und hatte einen französischen Akzent: „Schönen guten Ahbend Madmoselle, ahllo Miester." „Ja, hallo", schleuderte John diesem mit einem lang gezogenen „O" entgegen. Dann ging er einfach an dem Mann vorbei. Doch bevor er den großen Speißesaal betrat, stoppte ihn die Stimme des Empfangsherren. Linda blieb vor dem, mit Rosen umrankten Raumtrenner stehen und beobachtete das Geschehen mit interessierter Mime. „Ihr Name, Monsieur?" Mit einem Bein in der Luft wendete sich John um 180 Grad und antwortete schließlich: „John Stephom, Sir." Der Mann sah auf eine Liste. Sein Blick wanderte von oben nach unten. „Isch ahbe ier leider keinen John Stephom auf der Liste." Linda war nicht überrascht. Das Restaurant war eines der Besten der Stadt. Irgendetwas war an dieser Situation zu gut, um wahr zu sein. Dann entschuldigte sich der Mann jedoch: „Oo, tut mir leid, ier ahben wir den Namen ja", er zeigte mit seinem Füllfederhalter in die Mitte der Liste und strich eine Zeile durch. Lindas Erwartungen wurden erneut übertroffen. Elegant schritt sie zu John und hakte sich im Umdrehen bei ihm ein. Im nächsten Moment wurde allerdings Johns Schulter gepackt und der Empfangsherr meinte: „Allerdiengs dürfen Sie nur in Ahbendgarderohbe bei uns speisen. Ich darf Sie leider nicht reinlassen." Linda legte ihren zierlichen Kopf genervt in ihre rechte Hand. John drehte sich erneut zu dem Mann um und starrte ihm in sein gepflegtes Gesicht. Den Ausdruck *Froschfresser* sparte sich John in diesem Moment. Abwartend, um sicher zu gehen, dass der Mann es ernst meinte, entschied sich John für ein Manöver. Er wusste, dass eine Ausrede oder eine Bestechung nicht funktioniert hätten. Der Laden war dafür zu vornehm. Also improvisierte er. „Ah, ja, ich war mir nicht ganz sicher. Ich trage nicht gerne Anzüge weil mich die Anzugshosen immer im Schritt zwicken." John wartete kurz ab. Als der gute Herr nicht einlenkte, holte John zu einem lang gezogenen Vokal aus: „Aber hierfür habe ich natürlich vorgesorgt. Ich habe noch einen Anzug in meinem Wagen. Ich bin sofort wieder da." Blitzschnell verschwand John wieder durch den Eingang, durch welchen sie gerade erst gekommen waren. „Dieser Umstand tut mir wirklich leid, Madmoselle", beschwichtigte der Mann Linda. Diese tätschelte ihm lediglich über seinen Oberarm und sagte: „Ich war heute auf wirklich alles gefasst. So etwas bringt mich nicht aus der Ruhe. Sie entschuldigen, ich gehe mir solang das Näschen pudern. Wer weiß wie lange mein Begleiter braucht." Der Empfangsherr wies Linda die Richtung.

John lief auf dem Parkplatz Auf und Ab und zermarterte sich das Hirn. Natürlich hatte er keinen Anzug im Auto. Dann passierte etwas. Aus der Hintertüre des Restaurants kam der Franzose und steckte sich eine lange, dünne Zigarette an. John hätte diesen aufgeblasenen Franzosen sehr gerne umgebracht. Nun hatte er die Chance dazu. Allerdings fuhr ein großer schwarzer Jeep an ihm vorbei und parkte unmittelbar neben seinem geliehenen Sprinter. Heraus stieg ein fein gekleidetes Paar – eine hübsche Blondine und ein halbstarker Asiate. John kamen einige Ideen. Für eine würde er sich schnell entscheiden müssen.

>> Burn Baby Burn <<

Die Neuankömmlinge waren potenzielle Zeugen. Also musste John warten, bis das Paar hinter dem Restaurant verschwunden war, um zur Tat zu schreiten. Sobald sie außer Sichtweite waren, schnappte sich John einen Benzinkanister aus seinem Wagen. Mit diesem lief er auf den nichts ahnenden Raucher zu, um ihn plötzlich mit der klaren Substanz zu überschütten. Die Glut seines letzten Zuges ließ das Benzin entflammen. John freute sich über diese realistische Darstellung der menschlichen Fackel aus den Comics und Filmen während der Franzose nach kurzem Zappeln wie ein brennendes Baguette umfiel und noch ein letztes Mal zuckte. Die schmerzentbrannten Schreie hallten noch wenige Sekunden nach seinem Tod über das menschenleere Gelände. John wünschte sich, dass die brennende Leiche explodieren würde, doch dessen wurde er nicht entlohnt. Er musste schnell agieren, um die verkohlten Reste des Körpers zwischen Essensresten in einem Container zu entsorgen. *Die übrig gebliebenen, schwarzen Brocken konnten spielerisch leicht mit angebrannten Froschschenkeln verwechselt werden,* dachte sich John. Als er alle Spuren beseitigt hatte, trottete er durch den Haupteingang zu Linda und beide genossen den Rest des Abends. Natürlich hoffte John im Verlauf des Abends auf ein „Happy End".

>> Alle Asiaten können Kung Fu <<

Der Franzose war ein potenzieller Zeuge. Also musste John warten, bis der Mann die Zigarette fertig gequalmt hatte und hoffen, dass das ungleiche Paar dann noch da war. Als der Mann an der Hintertüre seinen Stängel tatsächlich halb geraucht wegschnippte und wieder verschwand, trat John zur Tat. Die Blondine und der Asiate diskutierten zwischen dem schwarzen Jeep und dem weißen Sprinter über Lappalien, als John vermummt unter seiner Boxershort auftauchte und unter seinem Pullover mit seinen Fingern zum Schein eine Kanone andeutete. Zwischen ihm und dem Pärchen schepperte eine Cola-Dose, die vom Wind ins Rollen gebracht wurde. „Hände hoch! Ich brauche nur den Anzug, dann wird euch nix passieren", versuchte John bedrohlich von sich zu geben. Immerhin der Frau konnte er damit etwas Angst einjagen. Der Asiate lachte John allerdings nur aus. „Ich zieh mich nicht wegen so einem Clown wie dil aus", er deutete auf Johns imaginäre Waffe. „Dalauf fällt doch niemand lein." Er sah zu seiner blonden Begleiterin und zweifelte kurz an seiner Feststellung. Aber dann lief er, asiatische Kampflaute brüllend und mit den Armen und Beinen fuchtelnd, auf John zu. Dieser blieb erstarrt stehen. Die Cola-Dose klackerte erneut, als der Kung-Fu-Meister darauf trat und sie unter seinem Fuß wegrollte. Sein aufgebauter Schwung wurde ihm zum Verhängnis. Die Schwerkraft übernahm schließlich den Rest. Rückwärts fiel der Asiate auf den harten Boden, die Füße direkt vor John ausgestreckt. Ungeschickt fallend, folgte dem Fall ein lautes Knacken. „Li?" Die Blondine überprüfte seine Lebensfunktionen nicht, aber ging sofort vom Schlimmsten aus, als sie keine Antwort erhielt. Sie sah John fassungslos an. Dann nahm sie ihr Kleid in die Hände und rannte um ihr Leben. Kreischend verschwand sie im nahe gelegenen Wald. Kurz darauf konnte John knackende Äste und die Unterbrechung des Schreies wahrnehmen, dessen er folgerte, dass die Blondine im Wald hingefallen war. „Warum rennen die immer in den Wald und fallen ständig hin", fragte sich John kopfschüttelnd. Er ging zu dem Asiaten und hob seinen Körper an. Der Kopf des Mannes hing unnatürlich weit nach unten. Sein Hals machte wenige letzte Knackgeräusche. Bei dem Klang der unappetitlichen Töne ließ John den Asiaten, wissend dass sein Genick gebrochen sein musste, wieder auf den Boden plumpsen. John hatte dies natürlich nicht geplant, aber trotzdem fuhr er mit seiner Mission fort. Er beförderte den Toten in seinen Sprinter. Dann rang er mit der Leiche, um ihr den Anzug auszuziehen. Im Sprinter polterte es gewaltig. Schließlich öffneten sich die großen, weißen Türen und John schritt vornehm gekleidet heraus, die halbnackte Leiche hinter sich ignorierend. Als er alle Spuren beseitigt hatte, trottete er durch den Haupteingang zu Linda und beide genossen den Rest des Abends. Natürlich hoffte John im Verlauf des Abends auf ein „Happy End".

\>\> Doggystyle \<\<

Das Pärchen war zwischen zwei größeren Autos verschwunden. John konnte ein leises Stöhnen vernehmen. Es lag in seiner Natur, dem eindeutigen Geräusch auf die Schliche zu gehen. Der kleine Asiate beglückte die langbeinige Blondine mit künstlerisch anmutender Akrobatik. Er war nämlich immer noch sehr klein. Und obwohl sich die Frau weit runter gebückt hatte, musste er sich verbiegen und dehnen, um das Honigtöpfchen zu erreichen. Eine Brust fiel ihr aus dem freizügigen Kleid und wippte vorn und zurück. Sie ließ ihre langen Haare nach rechts fallen und blickte langsam auf die andere Seite. John stand zu ihrer Linken und linste an dem Auto vorbei. Diese Szene schien ihm vertraut. Heute wollte er aber nicht nur zusehen, sondern selbst zur Tat schreiten. Die Frau wurde immer noch kräftig gestoßen und nahm den verschwindenden Fuß hinter den Fahrzeugen gar nicht mehr wahr. Der Mann vom Empfang hatte die Hälfte seiner Zigarette inhaliert, machte aber nicht den Anschein, frühzeitig aufzuhören. Also schlich John durch den Haupteingang zu Linda. Sie stahlen sich hinterrücks am unbesetzten Empfang vorbei und beide genossen den Rest des Abends. Natürlich hoffte John im Verlauf des Abends auf ein „Happy End".

Alle drei Möglichkeiten hatten gewisse Risiken:

Burn Baby Burn: Geringes Risiko;
Die Schreie konnten gehört werden.

Alle Asiaten können Kung Fu: Mittelmäßiges Risiko;
Keine Cola-Dose vor Ort.

Doggystyle: Hohes Risiko;
Sie konnten entdeckt und wieder rausgeworfen werfen.

Natürlich waren alle Szenarien reich an Brutalität, Sex und Schwachsinn. Auch eine Prise Rassismus und Klischee durften in Johns Vorstellung nicht fehlen. Als John alle Szenarien gründlich in seinem Kopf durchgespielt hatte, war das Pärchen längst wieder hinter der nächsten Ecke verschwunden. Variante Eins und Drei verbleibend entschied er sich für die Variante, die für ihn das geringste Risiko darstellte. Zudem hätte er bei der dritten Variante auf die Sexszene zwischen dem Asiaten und der Blondine verzichten müssen, was das Szenario für ihn weniger attraktiv gestaltete.

Er nahm also einen weiteren Mord in Angriff. John wusste allerdings nicht, dass ein Benzinbrand mit 600 Grad Celsius nicht ausreicht, um einen Körper zu verbrennen. Die Realität würde ihn lehren, dass ein Mensch erst bei 1200 Grad Celsius verbrennt und darunter eher mit einer gebackenen Ente als mit verkohlten Froschschenkeln verglichen werden konnte. Nichtsdestotrotz würde er erhebliche Probleme haben, die Leiche wie geplant verschwinden zu lassen.

John ging zu seinem Sprinter und holte den Benzinkanister heraus. Als er die Türen wieder zugeschlagen hatte und um die Ecke des Wagens blinzelte, erschrak er. Die Zigarette verglühte auf dem Boden und der Mann war weg. Kapitulierend warf er den Kanister zurück ins Auto und trottete in die Richtung des Haupteingangs, um Linda zu holen. Doch plötzlich trat der Empfangsherr wieder aus der Hintertür. In den Händen hielt er einen Kleiderbügel und darüber war ein Anzug gefaltet. Mit seinen Fingern zitierte er John zu sich. Dann sprach er John an: „Wir ahben immer Ersatzanzüge parat. Nehmen Sie diesen und bringen Sie ihn mier schnell und friesch gereinigt zurück." „Mega cool von Ihnen." John strahlte über das ganze Gesicht. „Ahber eine Bedingung hätte ich", fügte der Mann beim Überreichen des Anzugs hinzu. „Seien Sie ein Gentleman. Die Dame ist es wert."

John nickte und verzog sich hastig in seinen Sprinter. In diesem polterte es kurz gewaltig. Den Benzinkanister beim Umkleiden umwerfend, bekam John beinahe ein schlechtes Gewissen. Aber nur beinahe. Die großen, weißen Türen öffneten sich. John stolzierte zum Haupteingang. Dort überraschte er Linda ein weiteres Mal und beide genossen den Rest des Abends.

Tatsächlich versuchte sich John als Gentleman. Allerdings wusste er nur von Linda, wie sich ein solcher benahm. Er lernte aber gerne von ihr. Sie amüsierten sich sehr und die Romantik verfehlte ihre Wirkung nicht. Nur das ersehnte „Happy End" entsprach nicht ganz seinen Erwartungen.

PERSPEKTIVENWECHSEL

John ritt auf einem Delphin durch ein Meer aus Wattebäuschchen. Bunte Frösche streckten ihre kahlen Köpfe empor und sangen ein Lied für ihn. Der Gesang wurde immer lauter. Dann kippte der Delphin mit John zur Seite. John konnte nicht schwimmen, darum strampelte er hilflos mit Armen und Beinen, in der Hoffnung, nicht unterzugehen. Dann sackte sein erschöpfter Leib jedoch zu Boden. Er wurde schwerer, sank immer schneller, plötzlich fiel er.

Aufgeschlagen in der Realität wachte John schließlich auf. Er war umgeben von zerknüllten Taschentüchern. Auf seiner Brust klebte ein Telefonhörer. Wieder beruhigt, drehte sich John zu seinem Wecker und setzte dem nervigen Weckton mit einem Schlag ein Ende.

Linda hatte ihm am vorigen Abend ordentlich eingeheizt. Seine Versuche, sein Gemächt zurückzuhalten, während er immerzu auf ihr tiefes Dekolletee gestarrt hatte, waren alle vergebens gewesen. Nicht einmal sein persönlicher Trick, die sogenannte „Handbremse", hatte funktioniert. Aus diesem Grund waren sie die letzten im Restaurant gewesen und waren dann gebeten worden, zu gehen. Da alles gescheitert war, musste er ihr schließlich mit seiner Latte unter die Augen treten. Unbeholfene Drehungen hatten ihm zuerst dabei geholfen, seine enorme Erektion zu verbergen. Doch dann hatte er sich sehr ungeschickt verraten, indem seine Lanze über den Nachbartisch strich und alle leeren Gläser abräumte. Sein enormer Penis wurde ihm somit ein zweites Mal zum Verhängnis. Vielleicht brachte er ihm doch kein Glück. Gepackt von Johns peinlichem Auftritt und dennoch imponierender Geste, hatte ihn Linda auf ein anderes Mal vertröstet. Als er sie nach einer peinlich stillen Fahrt abgesetzt hatte und erotisiert nach Hause kam, musste er noch immer an sie denken. Bettbereit und unter seine Decke gekuschelt, hatte er sie also noch angerufen. Und tatsächlich hatte sie ihm noch eine Kostprobe des besten Telefonsexes gegeben, den John jemals hatte. Und nach dem unerwarteten *Happy End* war er sofort eingeschlafen.

Nun war es Montagmorgen und John beseitigte die verbrauchten Hilfsmittel, um danach pünktlich – das hieß bei ihm zum mittleren Maß verspätet – zur Arbeit zu gehen. Nachdem er sich bei Beppe und Libero auf seine Art für den Tipp mit dem Restaurant bedankt und seine Mittagspause beendet hatte, meldete sich John bei Silvia. Sie hatte seine verspäteten Verträge bereit gelegt und empfing ihn. Die Sekretärin versuchte, die Formalitäten kurz zu halten. So hieß es schnell: „Auf Wiedersehen, Herr Stephom." Mittlerweile klappte es auch mit dem Namen. Aber Silvia war Johns Anwesenheit immer noch unangenehm. Er roch komisch, hatte eine geschundene Haut, fettige Haare und starrte ihr dauernd in den Ausschnitt. Zu Johns Glück legte Linda keinen Wert auf Oberflächlichkeiten. Sie war selbst kein Model, strahlte aber eine natürliche, gesetzte Schönheit aus. Und John hatte das Potenzial und den Willen, sich für Linda zu ändern. Für den Moment stellte er sich aber noch einen Dreier mit Linda und Silvia vor.

Nachdem er sich schnell bei Linda für die gestrige Aktion bedankt hatte, begab sich John in sein erstes, eigenes „Büro". John war sich sicher, dass man den Überwachungsraum als Büro bezeichnen konnte. Silvia hatte ihm kurz seine Aufgabenbereiche nahe gelegt: „Sehen Sie etwas Verdächtiges, Gefährliches, Defektes oder Schmutziges, dann melden Sie sich bei der Security in den ersten beiden Fällen oder bei mir in den anderen beiden Fällen. Die Hausmeistertätigkeiten navigiere immer ich." Mit der Technik musste sich John wegen Zoas plötzlichen Ablebens selbst vertraut machen.

Auch Phil war heute zur Gegend. Er überraschte nämlich Viola vor ihrer Mittagspause und führte sie zu einem einstündigen Blitzdate aus. Ihn störte es nicht, dass Viola ebenfalls bei Calling Eve beschäftigt war. Ihm war ihre Tätigkeit durchaus bewusst, befand dies für ihre Beziehung jedoch als wenig relevant. Zusammen aßen sie Pizza und Pasta bei einem nahe gelegenen Italiener. Viola genoss Phils Spontanität und wie er ihr zeigte, dass er sie akzeptierte und liebte wie sie war. Er legte ein Verhalten an die Tagesordnung, dass sie gerne belohnte. Nachdem sie gegessen hatten und Phil die Rechnung übernahm, brachte er Viola pünktlich zurück. Geschickt war, dass er auf einen Streich Viola und John besuchen konnte. Phil strich ihr auf dem Platz vor dem gläsernen Haupteingang durch das kurze Haar, blickte ihr tief in die Augen und fing mit einem Geständnis an: „Viola, ich …" Doch dann wurde er von einem aufgebrachten Mann unterbrochen und zur Seite gestoßen. „Viola, ich liebe dich!", rief der Spargel von einem Mann in ihr überraschtes Antlitz. Er war äußerst dürr und gab dafür etwas zu viel von seinem Körper preis. Die dünnen Ärmchen schaukelten aus einem hässlich bunten Hawaii-Hemd und seine astdünnen Knöchel ragten zwischen einer braunen Bermuda und schwarzen, langen Socken in grauen Sandalen heraus. Die ganze Kleidung war verwaschen und farbloser als sie eigentlich sein sollte. Im Backenbereich sprießte ein Dreitagebart, gekrönt von buschigen Augenbrauen und ungekämmtem Haar. „Ich will dich. Ich verzehre mich nach dir." Phil versuchte den Mann vorerst ausreden zu lassen. Er ging Auseinandersetzungen stets aus dem Weg. Aber wenn es um Viola ging, würde er einschreiten, um sie zu beschützen. Jetzt vergrößerte er jedoch erst mal den Abstand zwischen ihnen und stellte sich so maskulin wie möglich hinter Viola. Diese ergriff das Wort: „Bleiben Sie endlich weg von mir!" „Aber Baby, wir gehören zusammen. Für immer." In seinen knochigen Händen hielt er eine Schachtel, die er nun öffnete. „Heirate mich, und wir werden all unsere Sorgen vergessen", bei seinem Antrag ging er auf die Knie. „Hau ab!", brüllte Viola. Dann schlug sie dem knienden Psychopathen den billigen Ring aus der Hand und rannte in das Gebäude. Nun standen nur noch der Mann und Phil voreinander. Verachtend und gleichzeitig bemitleidend sah Phil zu ihm herab. „Und sie ist jetzt vergeben. Lass sie besser in Ruhe", sagte er, versuchend wenig drohend aber herrisch zu klingen. Doch der Mann hatte sich schon von Phil abgewandt um zuzusehen, wie Viola flüchtete. Dann verschwand auch Phil und überließ den Mann seinem Schicksal. Denn dieser tastete nun den schmutzigen Boden auf der Suche nach seinem Ring ab.

Viola wartete an der Rezeption. Sie verabschiedete gerade einen Wachmann, als Phil wieder zu ihr stieß: „Was war das für eine halbe Portion?" In Violas Augen tanzten Wasserperlen. Als ihr eine Träne über die Wangen lief, wischte Phil diese behutsam ab. „Was ist los?" Viola seufzte: „Mein Stalker ist los. Er verfolgt mich schon seit Wochen und er wird immer aufdringlicher. Der letzte Ansturm ist allerdings schon etwas her und ich dachte, er hätte endlich aufgegeben." „Warum hast du mir das nicht erzählt?" „Du hast andere Sorgen. Und wie gesagt, ich dachte er hätte aufgegeben. Bei mir zählt das mittlerweile schon fast unter Berufsrisiko." „Und wie kam es dazu?" „Wie das nun mal so läuft. Die Kurzfassung wäre: Er war ein Kunde, dann ein Stammkunde, dann ein aufdringlicher Stammkunde, der alles über mich wissen wollte. Seine Nummer wurde hier gesperrt und dann hat er irgendwie rausgefunden, wie ich wirklich heiße und wo genau ich arbeite. Er hat hier sogar schon Hausverbot, weil er Handgreiflich geworden ist." Viola nickte zu dem angelehnten Wachmann, der auf den Aufzug wartete. Phil erwiderte nichts. Er sah sie nur an und nahm sie in seine Arme, um sie liebevoll an sich zu drücken. Dann sagte er: „Jetzt bin ich für dich da. Und du brauchst keine Angst mehr zu haben."

John hatte sein Ziel erreicht. Sein Büro war der hinterste Raum im Kellergeschoss. Finsternis umschloss ihn. Modernder Geruch lag in der Luft. Fast wie zu Hause, dachte er sich. Er entdeckte links neben der Tür einen Lichtschalter. Diesen betätigte er. Flackernd schalteten sich die alten Lampen ein. Die Monitore vor ihm waren schwarz. John spiegelte sich ein dutzend Mal in den kleinen, tiefen Kästchen. Er verlor sich für wenige Sekunden in diesem Meer von kleinen Ebenbildern. Dann klopfte jemand an den Türrahmen neben der offen stehenden Tür. „Überraschung!", rief die Person halblaut. John schüttelte den Kopf, um sich wieder neu zu orientieren. „Was machst du denn hier", fragte John die Gestalt, als er sich zu dieser umgedreht hatte. „Oh, Johnny, was für eine nette Begrüßung. Ich dachte, ein Besuch an deinem neuen Arbeitsplatz wäre nett. Auch wenn du die Stelle wahrscheinlich wieder nur vorübergehend hast?" Phil sprach seinen letzten Satz fragend und bedenklich aus. John untersuchte die Stromkabel und versuchte deren Ursprung zu finden, während er die Begrüßung wiederholte: „Jey, okay, ich versuch mich zu freuen. Und du wirst sofort Zeuge der glorreichen ersten Schritte von John Stephom als, äh, Überwacher eben." John wusste nicht einmal die richtige Bezeichnung für seinen aktuellen Beruf. Während John den Kabeln weiter nachjagte, entdeckte Phil einen Kippschalter auf einer voll belegten Steckerleiste. Diesen kippte er einfach, indem er mit seinem Fuß darauf trat. Die Monitore stellten sich an. „Da wäre ich auch gleich gewesen", John räusperte sich seinem Ego entsprechend. „Gern geschehen", entgegnete ihm Phil. John nahm vor den Monitoren Platz und knackste mit den Händen über der Steuerung wie es ein Hacker vor einer kniffligen Aufgabe über einer Tastatur tat. „Dann legen wir mal los."

Die Bildschirme zeigten Teile der großen Büros und Meeting-Räume sowie die breiten Flure. Hauptsächlich wurden aber die Gänge der Operatorinnen überwacht. Einige Monitore waren immer noch schwarz. Sie waren zwar angestellt, aber die Kameras übertrugen kein Bild. Dies wollte John Silvia melden. Er konnte sie allerdings nicht erreichen. Nach einem kurzen Blick auf den Monitor, der Chulios Schreibtisch zeigte, wusste er auch wieso. Chulio und Silvia hatten erneut heftigen Geschlechtsverkehr. Da Silvia von Johns neuer Stelle wusste, musste sie wissen, wer zusah. Es war provokant. Vor allem hatten Silvia und Chulio nie normalen Verkehr. Sie benutzten allerlei Spielzeug und Latexverkleidungen aus Chulios Schrank. Phil hatte Silvia noch nie gesehen und gab seinem Freund lediglich einen Schups und entgegnete: „Hier geht es ja richtig ab." John fand ebenfalls Gefallen daran, Silvia live zu beobachten. „Ich muss jetzt arbeiten", sagte er zu Phil und wies nach draußen. Unter dem Tisch machte er seine Beine breit und konzentrierte sich auf die Szene. Skeptisch verabschiedete sich Phil und warf einen letzten Blick auf die Monitore. Dann fiel ihm ein anderer Bildschirm auf.

„Johnny, den Kerl kenn ich!" Phil deutete auf einen der unteren Bildschirme. John kannte den Korridor sehr gut. Zwischen Türnummer 7 und 8 hockte ein dürrer Mann. In den Händen fummelte dieser an einem kleinen roten Kästchen. „Und wer ist der Typ?" „Das ist Violas Stalker. Wir hatten vorhin eine peinliche Begegnung." „Und wer ist Viola", fragte ihn John gleichgültig. Phil sah John grimmig an. „Das ist meine Freundin. Willst du mich ..." John unterbrach seinen Freund: „Achso, die. Okay und nun?" „Der Mann hat hier eigentlich Hausverbot. Ich glaube er ist echt gefährlich." „Das ruft nach einer Heldentat!" John griff nach dem Telefonhörer und wählte die Durchwahl der Security. Bevor der erste Wahlton erklang, klatschte John den Hörer wieder auf das Telefon. „Was machst du da? Lass ihn rauswerfen", forderte Phil ihn auf. „Ja, das könnte ich tun." John sah Phil überlegen an. „Oder ..." Phil wusste was John sagen wollte. „Nicht schon wieder, Johnny." „Du hast mich ja gar nicht ausreden lassen." „Du willst, dass wir ihn umbringen." Dieser Bemerkung musste John tatsächlich nichts mehr hinzufügen. Er grinste nur breit. Seine Fratze hatte etwas von einem verrückten Clown aus einem schlechten Horrorfilm. „Und dazu sage ich: nicht schon wieder!" „Aber überleg doch mal. Der Typ hat hier Hausverbot und schleicht sich trotzdem rein. Jetzt lauert er deinem Liebling auf. Was wäre gewesen, wenn du mich nicht zufällig besucht hättest? Du sagtest er wäre gefährlich. Dieser Annäherungsversuch ist bestimmt nicht der letzte." Phil dachte nach und ließ John weiter sprechen. „Was passiert, wenn deine Viola einmal alleine ist? Du kannst nicht immer zur richtigen Zeit am richtigen Ort sein. Und ich würde für Linda das Gleiche tun." In diesem Punkt hatte John tatsächlich Recht. Auch wenn er von anderen Instinkten getrieben wurde, so wusste Phil, dass er Viola nicht immer beschützen konnte. Außerdem waren beide schon zu weit über einen gewissen Punkt hinaus geschritten, um Johns unausgesprochenen Vorschlag nicht in Erwägung zu ziehen. Phil dachte über das Gesagte nach. Was würde passieren, wenn der Stalker Viola tatsächlich einmal auflauerte und Phil nicht zur Stelle war? Viola hätte etwas zustoßen können. Phil war sich nicht mal sicher, ob er sie verteidigen könnte, auch wenn er anwesend wäre und der Stalker sie angreifen würde.

John redete seinem Freund ein letztes Mal ins Gewissen: „Du hast mir geholfen. Jetzt lass mich dir helfen." Phil sah auf den Monitor. Der Stalker erwiderte unabsichtlich seinen Blick. Er sah in diese kranken, zitternden Augen. In diesem Moment traf Phil eine Entscheidung.

>> „Legen wir los!" <<

DEAD UND POOL

John hatte mit seinem Anruf beim Wachmann kurz gewartet, damit Phil in Stellung gehen konnte. Der Wachmann war wie ein Schrank gebaut. Als er Violas Stalker erwischt hatte, packte er ihn einfach unter seinen muskulösen Arm und trug das Klappergestell auf die denkenswert gröbste Art aus dem Gebäude. Wie einen Sack Kartoffeln warf der Wachmann das Skelett auf den Steinboden. Dann trat Phil aus den Schatten und verfolgte sein neues Opfer, welches zu seinem Glück anfangs noch zu Fuß unterwegs war. Wie ein Kind bei einem Spionagespiel versteckte sich Phil hinter allen Büschen, Ecken und anderen Deckungen, die sich anboten.

Allerdings ging der dürre Clown dann zu einem E-Bike-Automaten. Dort warf er etwas Kleingeld ein, um sich anschließend auf ein solches Gefährt zu schwingen. Bevor er außer Sichtweite war, sprang Phil hinter einer Hecke hervor und tat es dem Stalker gleich. Phil war noch nie E-Bike gefahren und empfand den unterstützenden Motor beim Fahren als sehr angenehm, zumal er nicht der Sportlichste war. Doch unbemerkt hinter dem Stalker zu bleiben war durchaus schwieriger. Der Abstand vergrößerte sich zunehmend. Wären die E-Bikes nicht leuchtend orange gewesen, hätte Phil sein Ziel verloren. Hinzu kam, dass es langsam anfing zu dämmern. Eine ganze Weile versteckte sich Phil hinter allen Ecken und Verkäuferbuden, die sich anboten. Dessen Verkäufer boten ihm immer ihre Waren an und wurden sauer, wenn er einfach weiter fuhr. Besonders knifflig waren die Ampeln, die vor Phil immer wieder auf Rot schalteten. Die Verfolgungsjagd durch die kleine Stadt dauerte etwa 30 Minuten. Und Phil wurde durch die häufigen Geschwindigkeitswechsel sehr erschöpft. Umso erleichterter war er, als der Stalker sein Fahrrad in einem ärmlichen Viertel an einer weiteren E-Bike-Station abstellte. Und er hoffte, dass er unbemerkt geblieben war. Er tat es dem Anderen wieder gleich, nachdem dieser in einem heruntergekommenen Einfamilienhaus verschwunden war. Phils Kopf war rot angelaufen und seine Lungen leerten sich nach jedem Atemzug schneller. Sein Kreislauf drohte ihn zu übermannen. Er legte sich erneut hinter einen Busch auf die Lauer, während er langsam wieder zur Puste kam. Mit Schweiß gebadeten Händen versuchte er John den richtigen Straßennamen zu simsen, den er weiter entfernt versuchte von einem Schild abzulesen. Er hatte es geschafft und die untergehende Sonne ließ darauf hoffen, dass John bald zu ihm stoßen würde.

Mittlerweile war die Nacht eingekehrt. Phil beobachtete den Stalker mit müden Augen durch ein großes Fenster, dessen Vorhänge einen Einblick bei Tag noch verwehrt hatten. Nun brannte aber Licht in der Wohnung und Phil konnte den knochigen Typ beim rumklappern beobachten. Johns Eintreffen war überfällig. Er hatte schon seit über zwei Stunden Feierabend und ließ immer noch auf sich warten. Phils Augenlieder fielen immer wieder nach unten. Und sein Rücken verspannte sich langsam, während er in der kalten Wiese hockte. Plötzlich überraschte ihn ein kostümierter Mann. Das schlecht genähte Kostüm, das dieser trug, sollte einen bekannten, schizophrenen Anti-Helden aus den Comics darstellen, die John mit aller Leidenschaft auf dem Klo las. „John?" Phil wandte sich an die Gestalt, die ihn erschreckt und vor dem Einschlummern bewahrt hatte. Die Comicfigur legte ihren rot ummantelten Finger auf die Stelle, die ihr Mund sein sollte und zischte ein langes „Psst". „Keine Namen ab jetzt. Ich bin *Dead* und du bist *Pool*." John hielt Phil eine zweite Maske hin. „Die habe ich für dich genäht. Sollte eigentlich für die nächste Comic-Con sein. Zusammen hätten wir einen supermäßigen D-Pool abgegeben. Aber dann habe ich mir gedacht, dass wir die Kostüme heute schon brauchen könnten. Natürlich sehe ich im vollen Dress besser aus als du." Er kramte noch eine blaue Mülltüte hervor. „Dein Kostüm war noch nicht ganz fertig." Dann zwinkerte John Phil unter seiner Maske zu, was dieser natürlich nicht erkennen konnte. Phil nahm die rotschwarze Maske und stülpte sie über seinen Kopf. Jetzt blinzelte er durch zwei unterschiedlich große Augenschlitze. „Wieso bist du eigentlich so spät?" „Hallo? Ich musste noch die Sachen abholen, einen Anzug waschen lassen und zurück bringen, während her irgendwie die Waffen verstecken und mich dann hinter einem Baum umziehen. Apropos, hier sind noch deine Handschuhe. Die sind auch wichtig." Aus der Plastiktüte zog er zwei weitere rote Lappen, die Phil sofort über die Finger zog. Danach gab ihm John die Tüte.

„Welche Waffen", fragte Phil. „Naja, das war nun alles sehr spontan und ich bin mir nicht sicher ob meine Idee ausgereift ist." Phil ergriff wieder das Wort: „Nun gut, warten können wir nicht. Viola ist sonst wieder in Gefahr. Jetzt oder nie." John griff hinter seinen Rücken und sprach gleichzeitig: „Also D-Pool hat eigentlich vier Waffen: Zwei Knarren und zwei Schwerter. Da ich so kurzfristig an keine Pistolen gekommen bin", John präsentierte zwei rostige Schwerter, „habe ich meine Schwerter mitgebracht. „Oh, Johnny, du bist wirklich durchgeknallt. Aber diese Tatsache mal beiseite genommen, diese Dinger kann man doch zu jedem Laden und zu uns zurückverfolgen?" „Nein eben nicht. Daran habe ich auch gedacht. Die Schwerter habe ich günstig auf einem Flohmarkt gekauft. Also Spuren hinterlassen wir theoretisch keine. Nur die Durchführung ist etwas kniffliger." „An was hast du dabei denn genau gedacht?"

>> „Klingeln." <<

>> „Stürmen." <<

>> „Kopf abschlagen." <<

>> „Verschwinden." <<

John grinste wieder und dieses Mal konnte Phil die Mimik schemenhaft erkennen. „Das Motiv?" Fragte er John. „Ja, hier ist der Haken. Zu meinem Plan, aus D-Pool einen Serienkiller zu machen, würde eigentlich noch mindestens ein wahlloser Mord dazugehören. Das habe ich wieder aus einem

Krimi. Die Polizei würde nach einer Verbindung suchen oder annehmen, dass sie mit einem Verrückten zu tun haben. So oder so würden sie nicht nach dem Motiv bei den Einzelnen suchen." Der Plan war auf erschreckende Weise schlüssig. Phil war hiermit jedoch nicht einverstanden. „Nein, heute stirbt nur einer!" „Muss ja nicht heute sein. Könnte den Nächsten auch erst in einer Woche treffen. Und denjenigen wähle ich aus." „Müsste aber tatsächlich wahllos sein und dürfte mit uns nicht mehr in Verbindung stehen. Also deine üblichen Opfer kämen eigentlich nicht in Frage. Und wahllos soll niemand sterben." „Hm, ja da hast du Recht. Ich sagte ja: knifflig." Sie dachten beide kurz nach. „Raubmord?" Merkte Phil an. „In dieser Gegend?" Protestierte John sofort. „Blöde Sozialhilfefälle", brachte Phil hervor, obwohl John auch vor kurzem noch von Arbeitslosengeld gelebt hatte. John bereitete das kurze Nachdenken bereits Kopfschmerzen. „Ach scheiß drauf. Wir gehen da jetzt einfach rein. Wer würde das schon zu dir zurückverfolgen. Wir dürfen nur keine Beweise hinterlassen. Und dafür sind wir richtig ausgerüstet. Wir sollten es nur tun, bevor alle schlafen." Phil ging bei so etwas lieber auf Nummer sicher und mochte es nicht, wie sich der Plan entwickelte. Sie würden es darauf ankommen lassen. Und wenn alle Stricke reißen sollten, würde John seinen Plan als Serienkiller weiter verfolgen. Denn dieser Plan war immerhin durchdacht und serienerprobt. Die Lichter gingen in den anliegenden Häuserreihen hintereinander aus. Der Plan war voreilig und zu spontan entwickelt worden. Aber dann ging auch das Licht im Haus des Stalkers aus.

>> Ding Dong. <<

John Stewart – seine Freunde nannten ihn den Storch – gähnte gerade und gab einem schlechten Foto von Viola einen Gutenachtkuss. Dann wollte er sich ins Bett legen und von ihr träumen, als er von der schrillen Türklingel aufgescheucht wurde. Natürlich fragte er sich, welche Person noch um diese

Uhrzeit bei ihm klingeln würde. Tatsächlich kannte der Storch einige skurrile Geschöpfe der Nacht, die ihn nachts aufsuchen würden. Nach dem zweiten Klingeln entschied er sich dafür, dass sein Besuch wichtig oder ergiebig sein musste und erhob seinen schlaksigen Körper wieder vom Bett. Im Bademantel, der wieder seine dünnen Ärmchen und Knöchel preisgab, schlurfte er den schäbigen Flur entlang. Auf dem Weg zur Haustür riss er einen Stapel alter Pornohefte mit und brachte einen halblauten Fluch hervor, als sie herunter fielen. Man sollte eigentlich meinen, dass ein Mensch mit einem derart dünnen Körper sogar durch ein Nadelöhr hüpfen konnte, ohne den Rand zu berühren. Dem beugte sein verschlafener Gang jedoch nicht vor. Trotzdem dachte er noch daran, durch den Türspion zu linsen. Vor diesem hing ein altes Scharnier, welches beim Aufklappen des Spions abbrach. Einen weiteren Fluch verkniff sich der Storch aber und ließ es einfach auf den Boden fallen. Hinter dem Spion erkannte er nichts außer Schwärze. Das jedoch nicht die helle Nacht dafür sorgen konnte, fiel ihm nicht auf. Es klingelte ein drittes Mal. Verärgert riss der Storch die Wohnungstür auf und brüllte, bevor er sein Gegenüber sah: „Nachts verkaufe ich nichts mehr!" Kurz darauf bereute der Storch, dass er nicht fliegen konnte.

>> D-Pool stürmte das Haus. <<

John Stewart, alias Der Storch, aka Der Stalker fiel rückwärts auf den Boden, rappelte sich aber schnell wieder auf. „Hey ich koche das Zeug nur, strecken tun es die Dealer!" Fälschlicherweise hielt er D-Pool für einen frustrierten Kunden. Dem war aber nicht so. John Stephom, alias Johnny, aka D-Pool stach sofort zu. Doch der Storch wirbelte herum und wich den ersten Schlägen beinahe mit Leichtigkeit aus. Die Angst vor der mittelalterlichen Waffe und vor einem Gegenüber in roten Strumpfhosen steigerte kurzzeitig das körperliche Potenzial des dünnen Mannes. Wobei die engen Strumpfhosen und das gequetschte Gemächt des Einbrechers beinahe einen größeren

Anteil an diesem Schock hatten. Das Adrenalin ließ den Storch überraschend sportlich werden. D-Pool kam sich vor, als wolle er einen Zitteraal angeln, der elegant, im rosanen Tütü, um seinen Angelhaken tanzte. Dann hob er sein Schwert erneut, um Schwung zu holen, und verpasste seinem Gegenüber präzise, unter dem Kehlkopf, einen stählernen Hieb.

\>\> Er schaffte es jedoch nicht, den Kopf abzuschlagen. \<\<

Das Haupt lag immer noch auf den Schultern des Todgeglaubten. Nach Luft ringend torkelte der Storch den Flur zurück. Die Klinge hatte ihn kaum geschnitten und das wenige Blut, das aus der Wunde spritzte, konnte er pressend zurückhalten. Seine Atemwege hatte der Schlag jedoch heftig zerdrückt. So verlor er hechelnd das Gleichgewicht und fiel ein zweites Mal zu Boden. Um sein Überleben kämpfend zog er sich mit letzter Kraft in sein Schlafzimmer.

D-Pool starrte seine Klinge perplex an. Dann wandte er sich an seinen Komplizen, der gerade eben hinter ihm eingetreten war und die Türe schnell hinter sich schloss. Man konnte sich nur schwer vorstellen, welche Gestalt komischer aussah: D-Pool in voller Montur oder D-Pool mit Maske und Handschuhen in einem provisorischen Müllsack gekleidet. „So ein Schund. Gib mir dein Schwert Pool, meins ist total stumpf." Phil, alias Phil, aka D-Pool in halber Montur, gehorchte. Er bestand ohnehin nicht darauf, die Drecksarbeit selbst zu erledigen. Außerdem war er von einer offen gelassenen Kellertür in den Bann gezogen worden. Oder zumindest war er von dem abgelenkt, was sich hinter dieser Tür befand. Während Phil dort stehen blieb, verfolgte der D-Pool in voller Montur den krabbelnden Storch.

Das zweite Schwert war sehr viel breiter, aber in etwa gleich lang wie das Erste. Während man die erste Klinge als Samurai-Schwert deuten konnte, so hätte man dieses Breitschwert schimpfen können. Aber auch diese Waffe wies Spuren von altem Rost auf. Der Storch schaffte es in aller Not in sein Schlafzimmer. Am Nachttisch angelangt, nahm er die rechte

Hand von der Wunde, wodurch er viel Blut verlor und steckte seinen Arm in die einzige Schublade. D-Pool verfolgte ihn mit langsamen Schritten und schliff hinter sich das Breitschwert über den Boden. Das Geräusch, das die Klinge auf dem Parkett hinterließ, war angsteinflößend. Dann stand D-Pool über dem Storch. Nur das Nachtlicht brannte und der Schwertträger warf einen großen Schatten an die Wand neben seinem Opfer. Dann ergriff der Storch den Gegenstand, den er gesucht hatte. Es war ein kleiner Revolver mit kurzem Lauf. Doch er konnte ihn nicht richtig greifen und rutschte mit der blutverschmierten Hand immer wieder am Holzgriff ab. Dann packte ihn D-Pool an den Beinen und zog den dürren Körper ein ganzes Stück zurück, wo er für die Hinrichtung mehr Platz hatte. Bei diesem Unterfangen glitt dem Storch die Knarre ganz aus der Hand. Sie fiel zu Boden. „Nanana, was sollte das denn", fragte ihn D-Pool und stellte mit seiner rechten Hand ein Verbot pantomimisch dar. Dann packte er das Schwert mit beiden Händen und beförderte die schwere Klinge gen Deckenhimmel. Das Metall sauste wieder nach unten und traf mit voller Wucht auf den Nacken des Opfers. Es schnitt jedoch nur etwas tiefer als das erste Schwert. Ein Halswirbel knackte dabei. D-Pool zog das Schwert aus der klaffenden Wunde. Der Storch zuckte noch. „Oh, nein. Oh Mann ist das widerlich", sagte D-Pool. „Diese scheiß Schwerter! Hätte doch keiner wissen können, dass alle gebrauchten Schwerter vom Flohmarkt stumpf sind." Er regte sich lauthals über seine Waffen auf, prügelte dann aber wiederholt auf den angeritzten Nacken ein, um dem Ganzen ein Ende zu setzen. Allerdings war es schwierig, immer präzise zu treffen. Und irgendwann traten die zertrümmerten Schulterblatt-Segmente wie ungleichmäßig geschnittene Käsescheiben hervor. Zweiter, dritter, vierter, fünfter Schlag – Wo vorher noch ein Hals gewesen war, hielten den Kopf jetzt nur noch einzelne Sehnen am Körper zusammen. Beim sechsten und letzten Schlag, der mitunter den Boden traf, zerbrach die Klinge in zwei Teile. „Verdammt, verdammt, verdammt! Verdammter Schrott!" D-Pool hielt nur noch das Heft und das untere Drittel der Klinge in der Hand. Wohlwissend, dass das Schwert nun nutzlos war und um sein Werk zu vollenden, platzierte er die abgebrochene Klinge in dem Hinterteil der zerstückelten Leiche. Dann nahm er sich den Revolver, der seine Schwerter passend ersetzen sollte.

\>\> Nun hätten sie verschwinden können. \<\<

Phil war während des Gemetzels wie hypnotisiert vor dem Keller stehen geblieben. Er hatte die Kellerlampen eingeschaltet und war froh über das, was er sah. Es schien sich um ein Drogenlabor zu handeln. Welche Drogen es waren, wusste Phil aber nicht. Damit kannte er sich nicht aus. Auf eine von Johns begehrten Serien schließend hatte er Crystal Meth im Verdacht. Dass es sich hierbei aber auf jeden Fall um illegale Geschäfte handelte und nicht nur um ein privates Chemielabor, konnte er an den gestapelten Geldbündeln daneben erkennen. Zum einen war Phil darüber erleichtert, dass sie einen Kriminellen auf dem Gewissen hatte. Zum anderen war er erleichtert, da er nun ein Motiv gefunden hatte. Die Polizei würde den Mord Drogenbanden in die Schuhe schieben, solange sie nur gründlich genug waren. Er sammelte sich. Es war ruhig geworden. Zu ruhig. Er hatte John nicht geholfen. Was war passiert? Schnell schaltete er das Licht wieder aus, trat hinter die Tür und lief zu John. Und das, was er hier sah, sollte sein Leben völlig auf den Kopf stellen.

Die heftig zugerichtete Leiche beachtete Phil gar nicht. Wie John starrte er still schweigend an die gegenüberliegende Wand. Die Nachttischlampe erhellte dort einen Schrein. Ge-krönt wurde dieser von einem, auf einen Puppenkopf gepinnten, Bild. Es bildete Violas Gesicht ab. Rings herum waren etliche weitere Fotografien von ihr, die aus einer Deckung heraus geschossen waren. Außerdem schmückten den Altar viele erloschene Kerzen und handgeschriebene Liebesgedichte. Bei einem irren Stalker und Drogenhändler konnte man von einem solchen Verhalten beinahe nicht mehr überrascht sein. Schockierend waren nur die Namen, die unter allen Bildern handschriftlich geschrieben standen. Und John umschloss den Revolver immer fester.

>> ~~Linda~~ Viola <<

MOTORISCHE DEFIZITE

John dachte, dass er Phil in allem überlegen war. Doch Phil würde Viola nicht aufgeben. Schon gar nicht, wenn er für sie mordete. Oder zumindest zuließ, dass für sie gemordet wurde. Sie mussten sich aber darüber aussprechen, dass Viola und Linda ein und die Selbige waren. Und beide fürchteten diesen Dialog. Wenige Tage nach ihrem letzten Mord konnten sie ihre Tat wieder in den Zeitungen verfolgen. Zwei Dealer namens Gonzales und Ricardo wurden für das Verbrechen verhaftet. Die Polizei schob es, wie vorausgesehen, den Drogenbanden in die Schuhe. John ging verschiedene Zeitungen durch, doch keine zeigte noch einmal die Leiche. Es waren immer nur die vernarbten Gesichter der falschen Täter abgebildet. John bedauerte dies, da er sich gerne ein Bild an die Wand gepinnt hätte – eventuell auf einer geschlechtslosen Ken-Figur montiert. John und Phil gingen sich nach dieser Nacht aus dem Weg. Doch beide bereuten ihre Tat nicht im Geringsten. Viola, alias Linda, aka ihrer gemeinsame Geliebten gingen sie vorerst auch aus dem Weg. Wie sollten sie dieses Problem aus der Welt schaffen?

John hätte gerne einen Kampf in einem Ring ausgetragen. Darauf wäre Phil aber nicht eingegangen. Genauso wenig wie er auf Johns ersten Vorschlag eingegangen war, einen Ständer-Wettkampf auszutragen. Viola entscheiden zu lassen, war für beide keine Option. Dafür war ihre Angst zu groß. John entschied sich also für einen anderen Wettstreit. Und der Gewinner sollte Viola bekommen, während der Verlierer für immer loslassen sollte. Bevor er zur Arbeit ging, schrieb John seinem Freund eine Nachricht. Diese heftete er unter einem Batman-Magneten an den alten Kühlschrank. Als Phil diesen entdeckte, las er ihn laut vor, ignorierte aber die zahlreichen Rechtschreibfehler.

Hallo und guten Morgen,
wir müssen ein Problem aus der Welt schaffen. Da uns wohl niemals ein Kompromiss einfällt, müssen wir einen Wettstreit

austragen. Dem Sieger steht dann Viola voll und ganz zu. Und der Verlierer muss versprechen, sich von ihr fern zu halten. Natürlich haben wir beide unsere Stärken und Schwächen. Das habe ich bei meiner Auswahl schon berücksichtigt. In einem sind wir nämlich genau gleich schlecht. Und zwar im Sport. Also zieh dir ein paar kurze Hosen an und komm am Samstag um 15.00 Uhr auf den kleinen Sportplatz. Ich besorge das Notwendige. Und Zeit zur Vorbereitung bleibt uns beiden nicht. Du kannst dann zwischen drei Spielen wählen. Das ist nur fair. Somit gibt es hoffentlich keinen Beef mehr.

Dein homophobischer Freund,
Johnny

Wie immer konnte sich John eine Prise Menschenfeindlichkeit gegenüber Minderheiten nicht verkneifen – an dieser Stelle passte das Kommentar ebenso wenig, wie wenn er dachte, dass es angebracht war. Doch das war Johnny.
Es war Freitagabend und der Vorschlag kam spontan. Phil war gerade erst nach Hause gekommen und hatte den Zettel spät gesehen. Er war sich nicht sicher, ob ein Wettstreit über eine Frau entscheiden konnte. Und er bezweifelte, dass John fair spielen konnte. Einen anderen Konflikt fürchtend, beschloss Phil trotzdem, den Wettstreit gegen John anzutreten. Aus diesem Grund ging er frühzeitig schlafen, um für den morgigen Tag fit zu sein. Tatsächlich hatte sich John den heutigen Tag frei genommen und trainiert. Doch das wusste Phil nicht. Und wie Viola empfand, oder warum sie sich überhaupt auf beide eingelassen hatte, schien vorerst beide nicht zu interessieren. Sie sahen nur die Konkurrenz.

„Europäisches Fußball, amerikanisches Basketball oder asiatisches Pingpong?" John und Phil hatten sich wie abgemacht auf dem Sportplatz getroffen. John bot Phil eine Auswahl von den einzigen drei möglichen Sportarten an, die hier möglich waren. Der Platz umfasste einen kleinen Rasen mit zwei Toren, eine gummierte Stelle mit hohen Zäunen sowie zwei Körben und drei Tischtennisplatten. Daneben war ein leerer Kinderspielplatz. Einige unheimlich anmutende Gestalten tummelten sich hier; um Sport zu machen. Ein paar prollige Jugendliche spielten Tischtennis, während die Älteren bei den Körben etwas ausübten, dass wie brutaler Knastsport aussah.

John und Phil passten hier nicht ins Bild. Sie trugen beide kurze, bunte Sporthosen, weite T-Shirts und lächerlich viele Schweißbänder. John hatte sich zudem ein altes, weißes Stirnband umgeschnallt. Unter anderem waren es der schlaksige Körperbau von John und der korpulente Körperbau von Phil, die nicht in die Sportsachen passen wollten.

Phil dachte kurz über die gegebene Auswahl nach. Beim Fußball musste man viel laufen und ausdauernd sein. Das gefiel Phil nicht. Beim Basketball war viel Körperkontakt gefragt. Ein Blick zu den Knastbrüdern bewies das. Hierbei hätte er mit seiner Masse punkten können, aber er war kein aggressiver Spieler. Tischtennis hätte seine Wahl sein können, aber er ahnte, dass John hiermit rechnen würde, sich doch vorbereitet hatte oder anders tricksen wollte.

„Wie wäre es mit allen drei?" Schlug Phil vor. John strauchelte kurz. „Alle drei?" „Ja, nacheinander. Es geht hierbei schließlich um Viola. Nicht das ein Spiel so etwas tatsächlich entscheiden könnte. Aber wenn wir schon einmal hier sind, dann legen wir uns für sie voll ins Zeug!" John war einverstanden. Der Fußballplatz war leer und sie entschieden sich somit zuerst für dieses Spiel. Phil bat um etwas Zeit, um sich aufzuwärmen. In albernen Posen dehnte er seine Muskeln und machte sich bereit. Die Jugendlichen fanden Gefallen daran.

„Ein Fußballspiel dauert üblicherweise 90 Minuten. Wer dabei mehr Tore erzielt, hat gewonnen. Ein Tor ist dann erzielt, wenn der Ball über die Torlinie rollt. Böswilliger Körperkontakt sowie Handspiel sind verboten. Gespielt wird mit den Füßen." John hatte drei Zettel mit Spielregeln aus dem World Wide Web zusammengefasst. Des Weiteren hatte er die richtigen Bälle und Tischtennisschläger dabei – alles war neu. „Ich weiß wie man Fußball spielt", entgegnete ihm Phil angefressen. „Tja, ich wusste es nicht genau. Stell dir vor. 90 Minuten sind mir eigentlich zu lang. Ich würde vorschlagen, wer fünf Punkte hat, gewinnt das Spiel. Und das machen wir bei allen Spielen so." „Einverstanden. Fünf gewinnt. Und wer zuerst zwei Spiele gewinnt, ist der unumstrittene Sieger." „Genau."

Das erste Spiel begann. Sie stellten sich in der Mitte des Feldes auf. Dann warf John einfach den Fußball in die Höhe. Einen Anstoß hatte er nicht nachgeschlagen. Aber trotzdem war dies eine diplomatisch korrekte Lösung. Das Dribbling war katastrophal. Eine Ballführung gab es in diesem Sinne nicht. Beide stolperten peinlich über den Rasen. Mal mit dem Ball, mal ohne ihn. Es kam zum ersten Torschuss. Johns Tor war frei und er war weit davon entfernt. Phil schoss. Der Ball flog weit am Tor vorbei. Dieses Drama wiederholte sich einige Male und lockte die Jugendlichen als Zuschauer an. Das einmalige Spektakel war zum Schießen komisch. Nach einer Stunde stand es Zwei zu Null und sie machten ihre dritte Pause. Schweiß übergoss sich auf ihren Körpern. Irgendwann kam es den Jugendlichen auch zu lächerlich vor und sie spielten weiter Tischtennis. Die beiden Hampelmänner spielten weit über zwei Stunden. Dann fiel der letzte Glücksstreffer. Phil hatte Fünf zu Null gewonnen. Es war kein spannendes Spiel gewesen, obwohl sich beide für ihre Verhältnisse sehr angestrengt hatten. Sie warfen sich ins Gras und ruhten sich eine halbe Stunde lang aus.

Es folgte das zweite Spiel. John wusste, was passieren würde, wenn er nun verlor. Auf Basketball und Tischtennis hatte er sich aber vorbereitet, da er Fußball als Phils mögliche Auswahl sofort ausgeschlossen hatte. Und dieses erste Spiel war trotzdem mehr als einseitig ausgefallen. Die stämmigen Basketballspieler hatten ihr Spiel beendet. Deshalb schlug John vor, ein paar Körbe zu werfen. Er las von seinem zweiten Zettel vor: „Basketball ist ein Mannschaftssport. Die gegnerischen Teams versuchen den Ball zu erobern und ihn in die Körbe zu werfen. Wer mehr

Körbe erzielt, gewinnt. Gespielt wird mit den Händen. Bei der Punktzahl spielt die Distanz zum Korb eine Rolle. Das lassen wir aber weg, wir spielen wieder bis fünf." Das Basketballspiel begann wie das vorige Spiel. John warf den orangenen Ball in die Höhe. Des Weiteren folgten sie wieder nur den Grundregeln und vollzogen ein zweites unkoordiniertes Spiel. Nur dieses Mal hatten sie ein größeres Publikum. Anstatt den Sportplatz zu verlassen, blieben die vorigen Spieler eine Weile, um sich über das dynamische Duo lustig zu machen und laut Beleidigungen zu rufen.

>> „Moruk." <<

>> „Du Opfer, ey." <<

>> „Das ist scheiß Sport, Alter." <<

>> „Fick deine Mutter." <<

Letzteres galt einem Anderen, der aus der falschen Flasche getrunken hatte. *Scheiß Kana ... usw.*, dachte sich John, der sowieso jeder Kultur gegenüber rassistisch gesinnt war. Nur was würde passieren, wenn er auch noch gereizt wurde?
    John packte seine Aggression in das Spiel und erzielte somit den ersten Korb. Eigentlich sollte man meinen, dass ein kleiner Korb schwerer zu treffen ist, als ein großes Tor. Aber so langsam hatte John den Dreh raus. Beinahe jeder zwanzigste Wurf war ein Treffer. Sie spielten über eine Stunde. Ihre südländischen Zuschauer verbrachten die volle Zeit mit Albereien und dem Rufen von grammatikalisch fragwürdigen Beleidigungen. Der Punktestand betrug wieder Fünf zu Null. Aber dieses Mal hatte John nach etlichen Fehlschlägen einseitig gewonnen. Sie setzten sich auf die gleiche, lange Bank, auf der die Anderen saßen. Nur hielten sie möglichst viel Abstand zu diesen. Die Südländer standen auf und gingen auf sie zu. Sie bewegten sich wie eine unentdeckte Vogelart. Der Vorderste sprach John an, während

sich die anderen hinter seinem Rücken aufbäumten und provokant starrten. Dieser brachte aber nur ein weiteres, geistreiches „Opfer" hervor. Dann gingen sie stolz erfüllt an John und Phil vorbei. Der letzte schlug John allerdings seine Trinkflasche aus der Hand. John wollte sofort aufstehen. Aber seine Beine waren noch zu erschöpft. Eine Hand lag in seiner Sporttasche und wühlte nach dem kleinen Revolver, den er für den Fall, zu verlieren, für Phil reserviert hatte. „Du willst sie umbringen, oder?" John fühlte sich ertappt und zog seine Hand aus der Tasche. „Was?" „Na so, wie du ihnen hinter siehst ... Glaubst du wirklich, du bist der Richtige für Viola?" Phil wusste nichts von dem Revolver. John hatte Glück. Er sah Phil aber entschlossen an: „Wenigstens kann ich sie beschützen. Spielen wir weiter."

„Ping-Pong und Tischtennis unterscheiden sich im Wesentlichen nicht. Zwei Spieler treten gegeneinander an. Der weiße Ball muss stets zurück über das Netz auf die Platte des Gegners geschlagen werden. Bei einer Angabe muss der Ball auf beiden Seiten des Netzes aufschlagen. Nach zwei Angaben wechselt der Aufschlag. Kann nicht gekontert werden, erhält der Gegner einen Punkt. Gespielt wird mit den Schlägern." John erwies seinen neuen Vorlese-Künsten alle Ehre. „Eigentlich geht ein Spiel bis 21, mit zwei Punkten Vorsprung. Aber wir spielen wieder bis fünf."

„Oh, Johnny." Phil rollte mit seinen Augen. „Legen wir einfach los." Das Spiel begann. John fing einfach mit der Angabe an. Er punktete. Beinahe stritten sich die zwei Freunde darüber. Dann folgte die zweite Angabe. Und er punktete wieder. Phil bekam es mit der Angst zu tun. Aber bei seiner Angabe trat das gleiche Phänomen auf. Sie schafften es beide, ihre Angabe hoch gespielt über die Platte zu donnern. Aber keiner konnte kontern. Denn keiner traf den quer fliegenden Ball. Es stand zwei zu zwei. Und nach den nächsten Wiederholungen vier zu vier. John hatte Angabe. Er war entschlossen und bemüht. Würde er verlieren, so würde er Viola nicht aufgeben. Jugendliche spielten gerade einen Dreier mit Ausscheiden. Einer durfte eine zweite

Angabe machen, da die Erste fehlschlug. John machte sich für seine Angabe bereit. Er schnaubte konzentriert. Dann flog der Ball. Es handelte sich um den Match-Ball.

Er landete im Netz. John und Phil rissen ihre Augen auf und sahen sich entgeistert an. Dann rief John sofort: „Zweite!" Sie stritten sich beinahe erneut. „Es gibt keine Zweite", behauptete Phil. Und eigentlich hatte er damit Recht. John wandte sich an die Jugendlichen, die ihn spöttisch belegten. Überstimmt musste Phil die zweite Angabe über sich ergehen lassen. Wieder flog der Ball. Phil dachte an Johns Worte. Konnte er Viola tatsächlich nicht beschützen? Was würde John unternehmen, wenn er verlor? Unkonzentriert schlug er weit an dem kommenden Ball vorbei.

>> „Gewonnen!" <<

John war erleichtert. Er musste seine Waffe nicht benutzen. Doch als sie den Platz wieder verließen, stiehl sich eine finstere Miene auf Phils Gesicht. Der innere Dämon klopfte an die Außenfassade.

HALLUZINÖSE BEGEGNUNGEN

John setzte sich breitbeinig auf seinen Drehstuhl. Er konnte Viola wieder treffen, hatte einen guten Job und ergötzte sich Tag ein Tag aus am Leben anderer. Was will man mehr? Er schaltete den Strom an, aß einen Müsliriegel, legte seine Füße auf den Tisch und krümelte seinen Pullover und die Bedienung voll. Seine Blicke schweiften über die Überwachungskameras.

EG: Der dunkelhäutige Rezeptionist sah sich um. Keine Menschenseele war anwesend. Also stieg er auf die Theke und streckte sich zum Rauchmelder empor. Er nahm ihn ab und fingerte im Gehäuse herum. Dann hängte er ihn wieder an die Decke. Unauffällig zog er sich zu seinem Platz zurück und durchwühlte seine Jackentasche. Daraus zog der Franzose, aber gebürtige Jamaikaner einen prallen Joint. Sofort steckte er ihn an und lehnte sich dann zurück. Auf sein Gesicht pflanzte sich ein breites Grinsen. Es war beinahe unglaublich, dass so viele Angestellte überhaupt nichts von den Überwachungskameras wussten, oder sie, wenn sie diese doch sahen, für billige Imitate hielten. Dann schneite jedoch ein unerwarteter Gast herein. Schnell suchte sich der Dunkelhäutige ein Versteck für seinen Joint. Er hob ihn einfach unter die Theke, während sich der Mann an ihn wandte. Es war Phil. Dieser war stinksauer und gestikulierte wild mit seinen Armen, immer wieder auf den Inhalt in seiner Schachtel verweisend. Der dunkelhäutige Franzose versuchte ihn gelassen zu besänftigen. Dann zeigte er auf den Fahrstuhl und beschrieb seinem Gegenüber einen Weg. Phil trampelte davon und stieg in den Aufzug. Erst dann bemerkte der Rezeptionist, dass sein brennender Joint die Theke in Brand gesteckt hatte. Eine kleine Flamme loderte darunter. Er reagierte schnell und erstickte das Feuer mit seiner Jacke. Der Stoff und die Theke trugen hiervon kleinere Brandflecken zurück. Der Rezeptionist strich sich erleichtert über die schweißnasse Stirn.

John lächelte nur und schüttelte dabei seinen großen Kopf. Dann suchte er aber Phil auf den Kameras. John richtete seinen Blick auf einen anderen Monitor.

3. Stockwerk: In einem Meetingraum saß ein kleines Dutzend Geschäftsleute. Im Zentrum des langen, rechteckigen Tisches lagen verschiedene Sex-Utensilien. Sie mussten über neue Verkaufsstrategien diskutieren, schätzte John. Ganz genau konnte er das nicht wissen. Die Kameras übertrugen nämlich keinen Ton, nur ein Bild. Aber er stellte sich trotzdem gerne vor, was die Leute sagen könnten. Dann äffte er sie nach.

„Wir müssen mehr Dildos an den Mann bringen." Einer der Anzugträger fuchtelte mit einem Dildo in der Hand vor seinen Kollegen herum. Ein anderer testete unbeteiligt eine Taschenvagina mit den Fingern. Fast jeder schnappte sich ein Sexspielzeug aus der Mitte. „Wieso an den Mann", fragte der Mann mit den Liebesperlen in den Händen. „Weil die ganze Welt glaubt, dass Dildos nur was für Frauen sind. Keiner wirbt damit für Männer." Der Mann gestikulierte wieder mit dem elastischen Dildo. „Schwule Dildos!" Ein weiterer Mann, mit Penisringen an den Fingern, meldete sich zu Wort. Mit allen fünf Fingern in der Taschenvagina nickte der andere Mann nur und wiederholte die Worte wie in Trance: „Schwule Dildos." „Ein guter Einfall, das geben wir an das Marketing weiter." Der Protokollant legte seinen Umschnalldildo zur Seite und ging darauf ein. „Ich notiere: Schwule Dildos. Vorschläge für den Arbeitstitel?" „Arschstopfer", schlug einer der stillen Anzugträger vor. Er hatte ein undefinierbares Objekt in den Händen und hatte die ganze Zeit damit experimentiert. Die Männer applaudierten und der Protokollant schloss den Punkt auf seiner Liste. „Du musst deinen Kopf da durch stecken." Der experimentierfreudige Mann tat es dem Vorschlag entsprechend. Es folge ein lang gezogenes „Aah".

John krümmte sich fast vor Lachen. Das ausgedachte Szenario amüsierte ihn prächtig. Aber wo war Phil? Dann wechselte er wieder den Bildschirm.

4. Stockwerk: Hier war die Kantine. Und hier war niemand. Nie. Keiner mochte den Fraß. *Das musste an dem fetten, amerikanischen Koch liegen,* dachte sich John. *Fast alle Amerikaner müssen mittlerweile fettleibig sein.* Und keiner wollte es ihnen

gleichtun, indem sie jeden Tag ihr Essen verzehrten. Auf der Speisekarte standen fünf verschiedene Eierspeisen und jeden Tag gab es Burger, Hotdogs oder Pizzas mit gefülltem Käserand. Alles triefte vom Fett und wahrscheinlich auch vom Schweiß des dicken Kochs, der sich allein beim Gehen überanstrengte. Gerade eben trampelte das Ungetüm durch den Speiseraum und suchte nach den abwesenden Gästen. Sein breites Gesicht auf dem Monitor erhaschend, konnte John beobachten, wie sich der Kerl seinen dicken Finger tief in die knollige Nase schob. Die grüne Masse, die er bei dieser Bohrung herauszog, schleckte er genüsslich von seinem Finger. Danach ging er desinteressiert in die Küche zurück, um seine widerlichen Finger in Pommfrites zu tauchen. „Boar, ih", brachte John hinter den Monitoren hervor. „Wäh." Diesen Anblick fand sogar John ekelerregend. Er hätte niemals seine eigene Rotze gegessen. Von allen potenziellen Opfern hätte er den fetten Koch am liebsten um die Ecke gebracht. Bestenfalls hätte er ihn implo- oder explodieren lassen. Sogar ohne ein größeres Motiv zu haben. In Johns Vorstellung konnte ein Jeder und Alles explodieren und auch implodieren. Johns Blicke wanderten weiter, kurz rieb er sich am Auge.

7. Stockwerk: Die nächsten drei Stockwerke waren für die Telefonmädchen bestimmt. Eines war für die männlichen Darsteller. Hier liefen größtenteils ähnlich bemessene Frauen wie der dicke Koch herum – mit gelben Fingernägeln und Zähnen oder fettigem Haar. Viola war die Ausnahme. Sie kam gerade aus der Tür und balancierte elegant zum Aufzug. John streichelte ihren Körper. Sanft strich er über den Bildschirm, bis sie außer Sichtweite war. Phil war nicht zu sehen.

8. Stockwerk: Die nächsten zwei Stockwerke boten ähnliche Dienste wie die darunter liegenden. Hier waren aber nur Inderinnen und Inder zu Gange. Und diese telefonierten nicht, sondern chatteten. Ohne Webcam. Viele Kunden überzeugten allein die Bilder auf der Homepage von der bloßen Existenz einer Frau am anderen Ende. Auch John war früher in Internetcafes darauf reingefallen. Diesem Glauben hatte nun auch er abgeschworen.

Er beobachtete eine Gruppe Inder, die sich vor einem PC versammelt hatten. Der Schreiber deutete immer wieder auf seinen Monitor und schrieb dann weiter. Sie amüsierten sich prächtig. John fantasierte wieder.

Der Inder gab sich offiziell als SMluder24 aus. Auf dem Profilbild war eine junge Blondine abgebildet. Der Kunde schickte perverse Bilder, die immer abartiger wurden. Deshalb hatte der Inder die gesamte Mannschaft um sich geschart. Gerade liefen die Wetten, ob er es schaffen würde, ein Bild zu bekommen, wo der Fremde es mit einem Kuscheltier trieb. Auf dem ersten Bild waren dicke Brustwarzen und ein Dutzend Wäscheklammern zu sehen. Das zweite zeigte ein Gummibärchen in einem Wald. Nur handelte es sich bei dem Gestrüpp um die Schambehaarung des Mannes. Der Inder hatte eine Galerie von erotischen Webcambildern der Blondine mit welchen er den Kunden weiter lockte. Er schrieb: „Treib es mit einem Kuscheltier und ich stecke mir eine Banane rein, Süßer." Jetzt warteten die Versammelten auf die Antwort. Und schon wurde ein Bild hochgeladen. Spannung kam auf, Wetten wurden zurückgezogen. Und das Bild wurde schärfer. Das erregte Genital stecke in einem Kuscheltier. Einer Kuh.

John konnte natürlich nur die Reaktionen der Inder sehen und daraus wieder irrtümliche Ansätze ziehen. Jetzt schlug ihre Stimmung jedoch um und viele regten sich auf. Die Menge löste sich verärgert auf. Und jeder Inder nahm wieder seinen Platz ein. John hätte sehr gerne ihre Monitore näher beobachtet, aber in dieser Firma war es trotzdem alles andere als langweilig. Er blickte auf die Monitore eine Ebene darüber.

11. Stockwerk: Hier war der Vertriebsbereich auf zwei Stöcken zusammengefasst worden. Noch mehr Inder verkauften hier am Telefon Sexspielzeug – zusammengepfercht auf engstem Raum. Neben einem Regal mit Beispielware alberten zwei jüngere Inder herum. Sie fochten. Abwechselnd parierten sie. Dann traf ein Dildo den Zweiten auf die Brust. Die extra langen Dildos bogen sich noch eine Weile Hin und Her. Trafen sich einige Male und zitterten. Dann wurde der Erste am Kopf

getroffen. Sie lachten. Ein älterer Mann kam mit einem Kaffeebecher in der Hand auf sie zu. Ein Weißer. Sie taten schnell so, als inspizierten sie die Ware nur. Und als er vorbei geschlendert war, machten sie sich wieder an die Arbeit.

John fasste dies als Idee auf und überlegte sich kurz, ob er für sich und Phil auch extra lange Dildos anstatt Schwertern zum Fechten kaufen sollte. Immerhin waren sie weich und elastisch und er würde sicherlich Rabatte erhalten. Apropos Phil ...

13. Stockwerk: Ein Mann starrte direkt in die Kamera. Es war der geheimnisvolle Kerl mit dem Hut und dem Trenchcoat – ganz in braun. Dann sah John Phil dahinter in einen Aufzug steigen. Als er kurz blinzelte waren Phil und der Mann verschwunden.

14. Stockwerk: Beppe und Libero unterhielten sich mit einer dritten Person. Diese schien in Strömen zu weinen. Das war John zu frustrierend. Und im nächsten Stockwerk wurde es lustig.

15. Stockwerk: Die nächsten drei Stockwerke umfassten die Bereiche Warentest und Entwicklung. Auch hier ging es eigentlich immer lustig zu. Leute in weißen Kitteln experimentierten mit Sexspielzeug. John hatte einen Überblick über die offenen Räume. Zu sehen gab es wilde Testgeräte, skurrile Zeichnungen und Prototypen sowie die neusten Produkte selbst. Besonderes Interesse hegte John an dem neuen Nimbus Spaß 2000. Dessen Entwicklung hatte er schon eine Weile mitverfolgen können. Und er war begeistert. Er hatte noch nie zuvor so viel Merkwürdiges und gleichzeitig Interessantes auf einmal gesehen. Aber dieses Mal fielen ihm nicht die Geräte ins Auge, sondern Phil mit seiner Kiste!

Er musste sich anscheinend schon ein paar Mal in dem großen Wolkenkratzer verlaufen haben. Seine Laune hatte sich also immer weiter verschlechtert. Tatsächlich suchte er eine Rückgabe- und Beschwerdestelle. Nur gab es eine solche Abteilung bei Calling Eve nicht. Einer der Forscher ging auf Phil zu. „Wie kann ich ihnen helfen, Sir", fragte er ihn höflich. Er stellte die Kiste auf eine Arbeitsplatte, verdrängte oder zerquetschte dabei

Noppenkondomproben und wies dann auf die Pappöffnung. „Ich möchte mich beschweren." Der Forscher ging ihm nach und hob den Deckel an, um in die Kiste zu linsen. „Das ist der Laserbase 500. Welches Problem haben Sie mit unserem Produkt?" Unerwartet ließ Phil seine Hose runter: „Dieses Gerät ist gemeingefährlich." Er wies auf seinen entblößten Schritt. Jetzt sahen alle Anwesenden auf das blankgezogene Genital. Es war ungesund dick angeschwollen. Rote Pusteln erstreckten sich vom Hodensack bis zum Eichelhut. Ein Tuscheln hallte durch den großen Raum. Dann zog Phil seine Hose wieder hoch. „Ich will Schadensersatz. Oder ich klage Sie an. Und zuerst will ich mein Geld zurück. Der Schrott war ungeheuer teuer." Wenige Kollegen stellten sich hinter den vorderen Forscher. „Beruhigen Sie sich erst einmal", forderte dieser Phil auf. „Beruhigen? Ich bin ruhig. Aber haben sie nicht hingesehen?" Phil machte wieder Andeutungen seine Hose zu öffnen. „Lassen Sie ihre Hose an. Wir haben alle hingesehen. Schauen Sie." Der Forscher steckte seine Hände in die Kiste und Phil sah dabei zu. Er hantierte eine kurze Weile mit dem Inhalt und sagte schließlich: „Sehen Sie?" Phil lief plötzlich rot an. Er wurde roter als sein entzündetes Genital. Zuerst überfloss ihn Peinlichkeit, dann wieder Wut. „Das stand nicht in der Anleitung. Ich möchte den Geschäftsführer sprechen."

Daraufhin machte sich Phil wieder auf den Weg und John versuchte ihn wieder zu orten.

19. Stockwerk: Im 18. und 19. Stockwerk befanden sich die Personalabteilungen sowie die Verwaltung. Chulios Büro war direkt neben dem von Silvia. Dort war Phil kurz verschwunden. Aber dann fand auch er sein Ziel und wechselte das Büro. Chulio und Phil stritten. Es schien persönlich zu werden und John konnte sich keinen Reim darauf machen. Dann ließ Phil sein Mitbringsel stehen und trampelte von dannen. Die Kiste landete darauf in einer Ecke.

John hatte einen ganz normalen Arbeitstag hinter sich – zumindest beinahe normal. Er und Phil hatten sich auf einen Happen

Tiefkühlpizza zusammengesetzt. „Was war eigentlich in der Kiste?" „Was meinst du, Johnny?" „Hallo? Überwachungskameras? Ich sehe alles." „Ich musste halt etwas reklamieren." John kicherte. Er hatte eine Penispumpe oder eine Gummipuppe im engeren Verdacht, da der Forscher das Objekt verdeckt hatte. Phil holte ihn aus seiner Traumwelt: „Wie würde es dir gefallen, wenn Chulio Tremante explodiert?" „Wie meinste das?" „Johnny denk doch mal nach. Irgendwann willst du die Firma doch übernehmen. Du hast dir ein hohes Ziel gesetzt. Jetzt kannst du es erreichen. Der Geschäftsführer ist sowieso ein Dreckskerl." John war von Phils Tatendrang überrascht. „Wer bist du und was hast du mit Phil gemacht?" „Witzig." Phil lachte nicht. „Also Chulio konnte ich eigentlich gut leiden. Aber explodieren finde ich gut." „Das dachte ich mir." „Hast du etwa schon einen Plan?" „Selbstverständlich." John war ganz Ohr. „Du wolltest doch wissen, was in der Kiste war …"

STIMMUNGSSCHWANKUNGEN

Phil hatte ganze Arbeit geleistet. Er hatte sogar den stellvertretenden Geschäftsführer eingeschüchtert. Und die brutale Tat würde seine Drohung untermauern. Wer konnte die Bitte eines Mörders schon ablehnen? Damit war die Bewerbung von John bereits eingereicht. Jetzt musste nur noch die Stelle geschaffen werden.

John rieb sich seine Augen. Es war noch nicht an der Zeit. Umso glücklicher war er, als er neben Viola aufwachte. Er küsste ihren Nacken, liebkoste ihre Brust und bedankte sich für die letzte Nacht. Viola streckte sich und lächelte. Aber sie wies Johns Liebkosungen zurück und ging ins Bad, wo sie in die Dusche stieg. Sie lagen schon den ganzen Tag lang im Bett. Also entschloss sich John dafür, sich ebenfalls fertig zu machen und sich seine Klamotten anzulegen. Zuerst zog er jedoch die Vorhänge auf. Splitterfasernackt und strahlend begrüßte er die Welt wie ein Neugeborenes.

Es war ein sonniger Morgen. Nur leichter Nieselregen plätscherte von schmalen, hellgrauen Wolken zur Erde herab. Hier und da bildeten sich Regenbögen am Horizont. John mochte diese Regenbögen. Er schlüpfte in sein T-Shirt – ein Geschenk von Viola. Nur noch seine untere Hälfte war nackt. Aber vor dem Motel regte sich so früh morgens sowieso keine Menschenseele. Deshalb hatte er keine neugierigen Blicke hinter dem offenen Fenster zu befürchten. Dann suchte er seine Unterwäsche. Er sah neben das Bett. Er sah unter das Bett. Er durchwühlte die Wäsche auf dem Bett. Im Badezimmer floss das Duschwasser und dünner Dampf bildete sich. Tief in Violas Bettdecke vergraben wurde John schließlich fündig. Vor sich breitete er eine weite, rote Unterhose aus. Er erkannte diese Unterhose wieder. Es war aber nicht seine Unterwäsche, sondern Phils! Eiskalte Wut überkam ihn. Schockiert zuckte er mit allerlei kleineren und größeren Muskelfasern – ganz besonders mit den linken Augenlidern. Er blieb im Bett sitzen und diktierte Viola laut schallend zu sich. Diese stieg nichtsahnend aus der kleinen Dusche und wickelte sich ein kurzes, weißes Handtuch um den Körper. Unschuldig watschelte sie aus dem Bad. „Ja, Schätzchen?" „Wem seine Unterhose ist das?" John wollte den Namen aus ihrem Mund hören. Er fuchtelte mit der Unterwäsche vor ihrem Gesicht herum. „Das ist deine?" Viola war davon überzeugt, oder ließ sich zumindest nichts anmerken. „Ist das so?" „Ja, was willst du von mir? Zieh dich jetzt an." „Das ist nicht meine Unterhose Viola." John wurde lauter. „Sag mir die Wahrheit!" „Das ist deine!", versuchte sie erneut und nachdrücklich. „Du spinnst ja!" John pfefferte den Stoff in die Ecke. „Nein du spinnst!" John stand auf und zog sich hastig an. Er wollte schnell verschwinden und stülpte sich deshalb seine Hose über, ohne weiter nach seiner Unterwäsche zu suchen. „Das hätte ich nicht erwartet. Nicht von Phil, und schon gar nicht von dir!" John klang nun zornig und enttäuscht zu gleich. Viola stand weiterhin schockiert im Türrahmen des Badezimmers. Sie entgegnete diesem Vorwurf nichts mehr. Ohne sich umzudrehen lief John zur Wohnungstür und verließ den Raum. Er klatschte die Tür mit derartiger Wucht zu, dass die Hälfte der Motelnutten und Junkies aufwachten und sich kreischend bei der Quelle der Ruhestörung beschwerten: „Scheiße, Ruhe!"

John näherte sich seinem Heim. Die Straße glänzte von dem sanften Nass, aber es nieselte nicht mehr. Ein großer Regenbogen tat sich hinter John auf. Diesen mochte er nicht. Für kunterbunte Lichtbrüche, auf denen Einhörner ritten oder an dessen Enden Töpfe voller Gold versteckt waren, war in dieser Szene kein Platz mehr. Energisch schloss John die Tür auf. Quietschend schwang diese nach außen auf. Alle Jalousien waren unten und in das Wohnzimmer schien kein einziges Licht. John trat ein und zog die Haustür hinter sich zu. Dann betätigte er den Lichtschalter. Eine lose Birne in der Mitte des Raumes sprang flackernd an und erhellte den dunklen Raum ein wenig. „Hallo Johnny." John erschrak beinahe. „Hier ist der Zünder. Er ist auf 10 Minuten gestellt. Achte auf jeden Fall darauf, dass Chulio und auch die Kiste noch in seinem Büro sind." Es war Phil. „Der Zünder sieht ja fast selbst aus wie eine Bombe." „Johnny, davon hast du keine Ahnung, du ..." John war bereits in seinem Zimmer verschwunden. „Johnny?" Als er wieder rauskam, hielt er den Revolver in der Rechten und zielte auf Phil. Ich habe dich durchschaut. Schläfst mit meinem Mädchen. Willst mich in die Luft jagen ..." Sein linkes Auge zuckte Phil fast angsteinflößend gestört an.

„Leg die Waffe weg. Du weißt nicht was du tust." „Du kleiner Wichser", beschimpfte John seinen Freund. Dann drückte er ohne eine weitere Vorwarnung ab.

IDENTITÄTSKRISE

„Oh, Johnny", Phil schüttelte seinen Kopf und sah seinem Gegenüber vorwurfsvoll in die Augen. „Du hast noch nie begriffen, was um dich herum geschieht." Er griff in seine Hosentasche. Seine gefüllte Faust führte er zum Tisch und öffnete sie. Viele kleine Patronen klimperten auf den Tisch. „Keiner mag dich. Warum sollte sich das geändert haben?" „Halts Maul!" John warf den Revolver in eine Ecke neben der Tür. „Der Zünder ist jedenfalls echt. Du täuschst dich in mir. Viola ist diejenige, die du hassen solltest. Phil war einen Schritt zurück in die Küche gegangen. Hinter seinem Rücken hielt er nun ein großes Küchenmesser. Sie standen sich in einer unüberwindbaren Krise gegenüber, die an ihrer Identität zerrte und sie unwiderruflich verändern würde. „Ich glaube dir kein verficktes Wort." John war sich sicher. Dann verzog sich Phils Mime und wurde düster. „Du bist nur eine aufgeblasene Zecke an meinem Sack. Du hast Blut gesaugt und bist fett geworden. Es ist an der Zeit, abzufallen, in die Welt hinaus zu krabbeln und zerquetscht zu werden." Phil sah seinem alten Freund beißend in die Augen. Nach all den Morden war es das andere Geschlecht, das sie entzweite. Er lief langsam nach rechts. Auch John lief nun seitwärts, um die Distanz zu wahren. Sie liefen streitsuchend im Kreis. Die Anspannung war mittlerweile sogar in der Luft zu spüren. Hinter Phil glänzte noch die silberne Schneide, die er vor John versteckte.

Und nach einem Viertel, des gegangen Kreises, war John derjenige, der den ersten Schritt machte. Er rannte plötzlich auf Phil zu, beide Hände nach seiner Gurgel ausgestreckt. So schnell konnte Phil gar nicht reagieren. John packte ihn am Hals und schob ihn bis in sein Zimmer zurück, wo Phil über die Türschwelle fiel. Abgeschnitten vom einzigen Licht, war es hier noch düsterer. John ließ ihn los und Phil landete neben seinem Bett auf dem Rücken. Wo war das Messer? Schlimmeres vermeidend, hatte Phil seine Arme rechtzeitig hervor geholt. Das Messer war ihm bei dem Sturz allerdings aus der Hand gefallen und lag nun neben ihm. John sah die silberne Schneide und sein Gesicht verwandelte sich zur Gänze in eine wutüberzogene Fratze. Man konnte ihn jetzt mit einer tollwütigen Ausgabe des roten Hulks vergleichen. Von jetzt an, ging es um Leben und Tod.

John marschierte auf das Messer zu. Phil bekam es nicht rechtzeitig zu fassen. Er konnte aber ausweichen und wieder aufstehen. John bedrohte seinen Freund mit wildem Gefuchtel. Auf einmal ging Phil auf ihn los. Und John stach zu.

Phil wurde von dem Messer getroffen. Aber es schnitt nur flach in seinen Arm. Er packte Johns Handgelenke. Jetzt kämpften sie ohne Rücksicht auf ihre Umgebung oder ihr Gegenüber um das große Küchenmesser. Immer wieder wirbelten sie herum, beide von Adrenalinschüben gefüttert und gleichzeitig immer aggressiver werdend. Ein kleiner Hocker aus Holz kippte im Eifer des Gefechts um und schlug dumpf am Boden auf. Frisch geschriebene Buchseiten von Phil, die John noch lesen sollte, segelten zu Boden. Dann hielten sie ihre Hände, gegenseitig ergriffen, nach unten. Phil entriss John das Messer. Dieses traf bei diesem Unterfangen die versiffte Matratze. Daunenfedern wirbelten durch den Raum. Nach Phils Schwung nach hinten bot sich John eine freie Stelle an. Er stieß Phil mit dem Ellbogen in den Bauch. Dieser torkelte zurück und landete mit seinem Rücken auf dem menschengroßen Spiegel am Schrank. Es polterte. John reagierte und stürmte über die kurze Distanz. Er rammte Phil mit voller Wucht, dabei zerbrach der Spiegel hinter ihm. Und zwischen ihnen steckte das Messer tief in Fleisch und Innereien.

John wackelte betroffen zurück. Er drückte seine Hände unter dem Brustkorb auf seinen Leib. Dann sah er nach unten. Langsam nahm er die Hände von der besagten Stelle. Es schmerzte. Aber es war auf den ersten Blick nichts Schlimmeres erkenntlich. Dann sah er Phil an. Und er begriff, dass sich nur der Schaft in seinen Magen gegraben hatte. Denn das Messer steckte bis zum Anschlag in Phils Brust. Blut klaffte aus der Wunde. Es hatte sein Herz durchbohrt.

Phil regte sich nicht mehr. Schlaff rutschte sein Körper den demolierten Spiegel entlang und zog eine große Blutspur hinter sich her. Er landete in seiner eigenen Blutpfütze. Den Blick nicht abgewandt, starrte John nun in den zerstörten Spiegel. In den Splittern konnte er sich gleich mehrere Male vorwurfsvoll anblicken. Nachdem er sich wieder von seinen Spiegelbildern löste, überkam ihn ein schockartiges Gefühl. Was hatte er nur getan? Phils Blut tränkte weiße Federn und gestrandete Buchseiten. Die Tinte der Buchstaben vermengte sich mit dem Rot und die schwarz gefleckten Papierfasern verliefen wie winzige, dunkle Tränen.

IDENTITÄTSVERLUST

Wer bin ich? Wo bin ich? Warum bin ich? Diese Fragen stellte sich John schon den ganzen langen Morgen. Er war niemand, der Verluste schwer verkraftete. Im Gegenteil, seit kurzer Zeit hatte er allem Anschein nach den richtigen Lebenspfad gefunden, der mit einer großen Anzahl von Verlusten verbunden war. Aber der letzte Verlust nagte an ihm. Dieser war nicht nur Teil seines Lebens gewesen, sondern auch ein wesentlicher Teil seiner Selbst. Und dieser Teil war einfach verpufft, wie ein Feenzauber der etwas an Ort und Stelle verschwinden ließ. Nur konnte er seine Taten keinen Zauberwesen in die Schuhe schieben.

Die letzte Nacht war lang gewesen. Und John hatte kaum geschlafen, obwohl er sich bisher nicht einmal der Unordnung gewidmet hatte. Wie in Trance begab er sich dennoch zur Arbeit. Im Bus starrte er tief in die breiten Fenster. Er blickte gleichzeitig in die Ferne hinter dem Glas, sowie in die Spiegelung auf dem Glas und registrierte – gedankenversunken – nicht was er sah. In seinem kleinen Büro angekommen, streckte ihn irgendwann die Müdigkeit nieder.

Plötzlich schreckte John empor. Ein lautes, böses Heulen hatte ihn geweckt. War es ein Traum, oder hatte er das grausame Geräusch tatsächlich gehört? John befand sich in seiner Kellergruft, wo er von den Monitoren angestrahlt wurde. In sein Gesicht hatten sich tiefe Abdrücke der Steuerkonsole gestampft. Verschlafen blickte er sich um. Die Tür stand einen kleinen Spalt offen. Er hatte sie geschlossen. Er schloss sie immer. John war sich aber nicht mehr sicher. Er war sich bei nichts mehr sicher. Langsam erhob er sich aus dem quietschenden Drehstuhl. Außer dem rostigen Geräusch war kein Ton zu hören. Auch die Wesen auf den Monitoren bewegten sich lautlos voran. John ging auf die geöffnete Türe zu. Vorsichtig bewegte er diese nach außen. Sie knarrte. Und wieder durchbrach er die Stille. Der kurze Gang zur Treppe und zum Aufzug war nicht beleuchtet und in Finsternis gehüllt.

Niemand war zu sehen. John schloss die Tür wieder. Er war müde, strapaziert und niedergeschlagen. Mit wiederholtem Knarren und einem lauten Klicken sprang die Tür wieder in ihr Schloss. Die Türklinke war innen. Von außen konnte man das eiserne Ungetüm nur mit Johns Schlüssel öffnen. Irritiert starrte er die Klinke an. Es war ruhig. Totenstille umgab ihn. John wich von der Tür zurück und drehte sich wieder um. Dann erschrak er bestialisch. Dunkelrote Hände schnellten auf ihn zu.

Eine Gestalt bäumte sich plötzlich majestätisch vor ihm auf. Ihre Pranken wiesen auf Johns Gurgel. Die unbeschienene Seite tauchte sie in tiefes Schwarz. Sie kam aus dem Nichts, war aber ebenso schnell wieder verschwunden, wie sie gekommen war. Sie war verpufft.

John klammerte sich entsetzt an die Türklinke. Die Erscheinung hatte sich in sein Hirn gebrannt. Sie hatte einen blutüberströmten, roten Körper, riesige, schwarze Krallen und eine teuflisch verzerrte Fratze. Es handelte sich um ein Monster, nein um einen Dämon. Und nach der frappierenden Ähnlichkeit und dem Messer im Brustkorb zu urteilen, handelte es sich zu alle dem auch noch um Phil.

John verdaute die Erscheinung einen kurzen Moment lang. Erschöpft setzte er sich zurück auf den Drehstuhl. Und beinahe erschrak er vor dem lauten Quietschen des alten Stuhls. Er stützte seinen Kopf vor den Monitoren auf seinen Händen ab und starrte in das Licht, das ihn beschien. Er hatte Schwierigkeiten damit, seine Augen offen zu halten. Deshalb standen sie nur einen schmalen Grad offen. Aber dann riss sie John zu einer unerwartet runden Vollmondform auf. Denn vor ihm spielte sich eine weitere Abart des Horrors ab.

Jeder Monitor zeigte tote Menschen – tote Menschen die lebten – Untote! Der dunkelhäutige Rezeptionist schien noch dunkler geworden zu sein. Auf den zweiten Blick erkannte John, dass sein Körper dem einer Brandleiche ähnelte. Verkohlte Haut trat porös hervor und seine Haare waren einer schwarzen Glatze gewichen. Und nichtsdestotrotz wippte sein Leichnam fröhlich an der Theke und zog an einem breiten Joint, um Qualm aus den dunklen Lungen zu pusten.

Der fette Koch stach John ins Auge. Seine Haut war grau. Gedärme hingen ihm aus der Wampe. Diese zog er unbehelligt durch den Raum. Als er gleich wieder verschwand, schleiften noch allerhand Innereien auf dem marmorierten Boden hinterher. Es dauerte eine kurze Weile, bis sich das letzte Körperorgan zurückgezogen hatte.

Beinahe sämtliche Inder waren hunderte von Jahren gealtert. Ihre dünne, gebleichte Haut faltete sich tief hinter ihre Knochen und ihr Haar war gänzlich ausgefallen oder ansatzweise grauweiß vorhanden. Sie wandelten aber nicht wie lebende Tote umher, sondern gingen entspannt ihrer Arbeit nach.

Vier Anzugträger liefen plötzlich am Empfang vorbei und grüßten den verkohlten Rezeptionisten höflich. Ihre Anzüge waren zerfleddert. Einer von ihnen hatte eine Holzfälleraxt hinter seinen Schulterblättern stecken. Ein Zweiter spazierte mit heftig verdrehten Armen und Beinen vorbei, während der Dritte seinen Kopf umgeknickt im Nacken trug. Und der Vierte hatte gar keinen Kopf mehr.

Als John zu den oberen Monitoren blickte, blendete ihn strahlend weißes Licht. Er hob sich die rechte Hand vor die Augen und suchte mit seiner Hand die Ausschalter der Monitore. Blind auf der Steuerung rumdrückend, schaltete sich ein Bildschirm nach dem anderen ab. Er fühlte sich miserabel. Immer noch müde, überprüfte John, ob er träumte. Er war eindeutig wach. Wo war er? In einem Geisterhaus? In Draculas Schloss? Auf einer Monsterparty? Aber die naheliegendste Frage beunruhigte ihn am meisten: War er verrückt geworden?

Er sah auf die monströse Uhr über der Tür, deren riesige Zeiger ihm, sogar bei wenig Licht, unübersehbar die Zeit diktierten. Es war schon 12 Uhr – Zeit für die Mittagspause.
Obwohl er sich nicht besser fühlte und es ihn bei dem Gedanken daran, seinen sicheren Raum zu verlassen, fröstelte, machte er sich auf. Er schlich schnell durch den dunklen Gang zu dem Aufzug. Seinen knochigen Finger presste er auf den

Knopf, welcher hell aufleuchtete. Ungeduldig wartete er. John dachte an Adams Leiche. Die Erinnerung an den makaberen Antlitz gruselte ihn nun zum aller ersten Mal. Er sah sich nervös um. Vor quälender Anspannung vergaß John sogar das Jucken seines Auges, das ungewohnt gesund aussah. „Bling" – der Aufzug war da. Er huschte hinein und zu seinem Glück war die Kabine leer. Aber wer fuhr schon freiwillig in den Keller? John quetschte sich in eine Ecke, wodurch die Aufzugskabine unheimlich groß wirkte. Seine Tiefenwahrnehmung versagte. Er zählte jedes Stockwerk laut mit, sobald es auf der Anzeige aufleuchtete. Und jedes Mal hoffte er aufs Neue, dass der Aufzug nicht anhielt. Denn er wusste nicht, wie die Menschen ihm begegnen würden. „Bling" – 13. Stock – die Eisentore öffneten sich. John hielt seinen Blick gesenkt. Er konnte schwarze Lederschuhe sehen. Darüber endete ein langer, brauner Trenchcoat. Die Person stieg aber nicht zu ihm in den Aufzug. John hörte eine Stimme: „Phil?" Johns Nerven waren am Ende. „Phil?" John musste den Blick anheben. Zuerst sah er den gesenkten Hut, dann neigte sein Gegenüber das Haupt und er konnte in ein grausam entstelltes Gesicht blicken.

Ein Dämon sah ihn an. Er hatte helles, spitzes Haar. Die weißen Strähnen liefen in freigelegte Gesichtsknochen über. Zerfetzte Haut hing schlaff herunter. Er hatte keine Lippen. Der Kiefer streckte sich, die Zähne trieben auseinander und der Dämon schrie. Die Zeit, während die Aufzugstüren offen standen, schien ewig. Doch dann schlossen sie sich wieder und die Erscheinung dahinter verschwand. John zitterte am ganzen Leib.

Auf dem Dach angekommen rang er nach Luft, die ihm in Form einer frischen Priese gewährt wurde. Er lief weiter, bis er von einer Kante in den Abgrund blicken konnte. Dieser vergrößerte und verkleinerte sich abwechselnd, sodass sein Kreislauf stark darunter litt. Und John dachte darüber nach, in die verlockende Tiefe zu springen.

Er segelte mit den Armen durch die Luft und fing den Wind ein. Sein Körper wippte vor und zurück. Und plötzlich konnte John eine Hand auf seiner Schulter spüren. „Eh Johnny, was läuft bei dir?" Niemand nannte ihn Johnny, außer …

John wirbelte herum und kehrte der Kante den Rücken zu. Dann erkannte er sein Gegenüber. „Beppe?" „Wer soll dich sonst auf dem Dach besuchen kommen", hakte der korpulente Italiener nach. Hinter ihm näherte sich Libero. John war weniger davon überrascht, Libero und Beppe hier anzutreffen, als davon, sie in Menschengestalt zu sehen. „Ich mach nur … frühzeitig Pause." Natürlich log John. „Aha, so wie immer also", entgegnete Libero, während John und Beppe zu ihm kamen und unauffällig Abstand zu dem Abgrund aufbauten.

Ein Gedanke geisterte in Johns Kopf umher. „Kennt ihr einen Mann mit braunem Trenchcoat und Gangsterhut?" Beppe und Libero sahen sich verwundert an. Beppe antwortete ihm: „Du musst Lars meinen. Der läuft immer so rum. Das du das nicht weißt, er ist unser stellvertretender Geschäftsführer." Ist es möglich? Kann es sein, dass die Erscheinung vor dem Aufzug mehr Angst vor John hatte, als er vor ihm? Und hatte Phil die Wahrheit gesagt? „Ich muss weg." Ohne ein weiteres Wort verschwand John wieder vom Dach. Er war wieder in der Welt der Sterblichen. Und er hatte vor, diese auf eine harte Probe zu stellen.

KRANKHEITSBILD

John war in der Mittagspause nach Hause gefahren. Wieder zurück am Arbeitsplatz packte er sein Mitbringsel aus. Es war Phils Zünder. Entweder würde er Chulio in die Luft jagen und alles lief wie geplant, oder ... er würde auf die Denkbar coolste Weise abtreten, die er sich vorstellte – mit einer Explosion. Ein Blick auf seinen Monitor genügte. Chulio und die Kiste waren in Position. Johns Finger schwebte über dem großen, roten Knopf und der Zeitanzeige.

>> 10:00 <<

Er war sich noch nicht sicher. Plötzlich wurde die Tür aufgestoßen. John zuckte und kam auf den Knopf.

>> 09:59 <<

Dann wurde es Dunkel ...

John kam wieder zu sich und sah sich verwundert um. Er hatte auf einen kleinen Tisch gesabbert und wischte sich die klebrige Masse schnell aus dem Gesicht. Unter seinem Hintern spürte er kaltes Eisen. Als nächstes begriff er, wem er in die Finger geraten war: „Hannes? Johannes? Kommissar Hannes Miller?"

John befand sich in einem Verhörraum. Er hatte jedes Zeitgefühl verloren. Dann sah er die Kiste neben Johannes. „Scheiße, wir müssen hier raus!" „Hallo Johnnyboy, wie geht es dir?" „Verstehst du mich nicht, Hannes?" „Was ist denn los?"

>> „Eine Bombe!" <<

Johannes blickte in eine Ecke und nickte einer Kamera zu. Dann nahm er die Kiste. „Eine Bombe?" „Ja, in der Kiste ist eine Bombe, Mann. Sie geht bestimmt gleich hoch." Johannes griff hinein. Er kramte einen Stapel Aktenfotos daraus hervor. John war völlig baff. „Erzähl mir mehr von dieser Bombe, Johnnyboy." John fasste sich. „Ein Witz. Haha. Lustig, oder?"

Johannes ging nicht darauf ein und breitete die Fotos aus. „Was siehst du hier?" John betrachtete die Bilder und schluckte einen dicken Klumpen hinunter. Ihm fehlten die Worte. Jede Fotografie zeigte eine oder mehrere verschiedene Leichen, die John sofort erkannte.

>> Die fette Aische, die aufgeknöpft an ihrem Darm in einem Meer von Glasscherben lag. <<

>> Adam, oder zumindest das, was von dem alten Hausmeister übrig war. <<

>> Ein Massaker in einem Hof, mit 11 zerstückelten Leichen, dessen war sich John ganz sicher. <<

>> Und der aufgespießte Storch, dessen abgetrennter Kopf ihn entsetzt ansah. <<

„Die fette Aische?" John war schockiert. Er nahm das letzte Bild und schob es von sich weg. „Damit habe ich nichts zu tun." Insgesamt zählte er 13 Opfer – die Reinigungskraft nicht mitgezählt. Und der Kommissar hatte alle entsprechend ästhetisch fotografiert. „Mit was hast du nichts zu tun, Johnnyboy?" „Mit, naja, alle dem." John deutete auf die Papierlandschaft vor ihm. „Schön, aber was siehst du?" Johannes drang in Johns Geist ein. „Beschreibe mir genau, was zu sehen ist." John verstand diese Taktik nicht, war aber davon überzeugt, dass er dem Kommissar nüchtern schildern sollte, was er sah. Und wenn nötig, musste er Mitgefühl heucheln. Er interpretierte diese Strategie als eine Nazimethode.

„Ich sehe tote Menschen, das ist grausam." John simulierte. „Weiter", forderte ihn Johannes auf. „Nunja, hier sehe ich unseren alten Hausmeister. Ich erkenne ihn aber nur, weil ich bei den schrecklichen Vorfällen zufällig dabei war. Du hast mich verhört, weißte noch?" Johannes nickte nur. „Weiter." „Hier sehe ich das Hochzeitsmassaker. Das war vor einiger Zeit in allen Zeitungen. Das Hochzeitspaar kenne ich nicht." Aus irgendeinem Grund schien die Situation für John brenzliger zu werden und Johannes hörte aufmerksam zu. „Bei dem letzten Opfer könnte es sich um den Vorfall handeln, bei dem wir uns das erste Mal begegnet sind. Keine Ahnung, wer die zerstückelte Leiche ist. Was soll das hier?" Zuerst schob John die fette Aische und den Storch weiter von sich weg. Dann folgten die anderen Bilder. „Bist du dir sicher?" „Ich habe ja nur geschildert, was zu sehen ist. Und ich bin entsetzt." „Bist du das?" „Natürlich", John wurde lauter. „Okay." Johannes wischte über den Tisch und häufte somit die Blätter zu einem dünnen Stapel. Er hatte John eigentlich auf frischer Tat ertappt. Darauf ging er aber gar nicht ein. Stattdessen hatte Johannes ihm jede einzelne seiner Morde gezeigt. John musste davon ausgehen, dass er geliefert war. Also überlegte er sich, für den Fall einer niederschlagenden Beweiskette, ein passendes Geständnis.

„Wo befinden wir uns, Johnnyboy?" „Wie, was?" „Bist heute wohl etwas schwer von Begriff. Wo sind wir hier?" „In einem

Verhörraum?" „Weiter." „Auf deinem Revier?" „Ja, das genügt. Steh bitte auf." John zögerte, wollte aber auf ein weiteres, dämliches *Wie* oder *Was* verzichten. Also stand er auf. „Komm mit", befahl Johannes. Er drehte sich um und lief zur Tür. John folgte ihm. „Öffne die Tür. Du darfst gehen." Johannes wies auf die Türklinke. John zuckte mit den Schultern und schob die Tür nach außen auf. Der Anblick, der folgte, überwältigte ihn.

John trat in einen leeren Flur, was in einem Polizeirevier zu erwarten war. Dort befand er sich aber nicht. Der Flur war ihm durchaus bekannt, er war im 19. Stockwerk bei Calling Eve. *Aber wie konnte das sein?* Der Raum drehte sich, dann drehte sich John und alles rotierte auf einmal gleichzeitig. Ihm wurde schwindelig. Silvias Tür, Silvias Türschild, Chulios Tür, Chulios Türschild, alle Büros drehten sich. John lief zurück und stolperte auf Johannes zu. Dieser stützte ihn. „Sieh dir den Raum noch einmal an." John atmete schwer. „Sieh hin!" Die Aufforderung klang scharf. John sah langsam empor. Der helle Boden war dunkler geworden. Sein Blick wanderte zum Tisch. Es war ein schlichter, verlassener Bürotisch. Er schmiss seinen Kopf aufrecht in den Nacken und sah aus dem Fenster. Es handelte sich um die allzu bekannte Glasfront des Wolkenkratzers. John blickte gen Horizont. „Setz dich." Johannes brachte John zu einem schwarzsilbernen Stuhl. Dieser fühlte sich nun noch härter an. Johannes ließ John eine kurze Verschnaufpause, reagierte dann aber sofort auf den Anfall: „Sieh dir die Bilder nochmal an." John fuhr seine zittrigen Hände aus. Er wischte über den Stapel und verteilte die Blätter erneut. Das erste Blatt war weiß. Das zweite Blatt war weiß. Die Bilder erschienen verzerrt in seinem Kopf. Sie erschienen flackernd auf dem Papier. Das dritte Blatt war weiß, dann waren plötzlich wieder Leichen zu erkennen. John stützte seinen Kopf auf seine Arme. „Ich sehe ... das Gleiche wie vorher." Er klang nun erschöpft. Johannes beobachtete John kritisch. „Warte einen kurzen Moment." Der Kommissar verließ kurz den Raum, ließ die Tür aber offen stehen. Als er zurückkam, begleitete ihn Johns letztes Ziel, Chulio Tremante.

Johannes stellte sich vor die geschlossene Tür, während Chulio vor John Platz nahm. John erkannte den spanischen Italiener bzw. italienischen Spanier schon aus dem Augenwinkel. Sein weißer Anzug stach ihm sofort ins Auge. Er ließ seinen Kopf gesenkt, sprach ihn aber an: „Was ist hier los?" Chulio faltete seine Finger zusammen. Dann lieferte er John eine brachiale Erklärung: „Wir waren vor einigen Monaten schon einmal so weit, Junge. Du musst verstehen, dass wir hier weder in einem Polizeirevier, noch in einer schmutzigen Firma sind. Sieh mich an. Erkenne den Ort, an dem wir uns befinden." John blickte ängstlich empor. Sein Geist rüttelte buchstäblich an seiner verzerrten Wahrnehmung. Die Wände vibrierten. Sie färbten sich grün, der Tisch und die Stühle verwandelten sich zu weißen Plastikmöbeln. Und Chulios weißer Anzug verband sich zu einem langen, weißen Kittel. Auf seinem Namensschild stand Dr. Tremante. Die Letter waren in massives Gold gestampft worden. Der Arzt ergriff das Wort: „Du bist in einer Klinik John – einer Klinik für geistig Verwirrte. Und du bist freiwillig hier. Das ist wichtig. Ich bin Chulio Tremante der Chefarzt und Johannes Miller ist einer unserer besten Pfleger." John drehte sich nicht um. Er klatschte seine Hand auf den Tisch, dazwischen klemmten die beunruhigenden Bilder. „Ich bin ein Mörder." Chulio blieb gelassen. „Sieh dich noch einmal um. Du hast dir alles eingebildet. Was du projiziert hast, ist so nie passiert. Schau erneut auf die Blätter vor dir." John hob seine Hand und weitete seine Augen. Darunter lag ein weißes Blatt Papier. Er wischte wieder über die Blätter. Das zweite Blatt war ebenfalls weiß. Das dritte Blatt war weiß. Alle Blätter waren nun weiß.

„Was hat das zu bedeuten?" „Hör mir genau zu. Wir haben ein Schauspiel für dich veranstaltet, mit dem du einverstanden warst. Du suchtest einen Sinn in deinem Leben. Und du wolltest wieder erfolgreich sein. Also haben wir dir Jobs zugespielt, die du spielerisch ausüben durftest. Du bist kein Mörder, du bist schlichtweg motiviert und wolltest ein besseres Leben. Deshalb hast du dich einweisen lassen. Wir diagnostizierten bei dir eine Schizophrenie." „Phil?" „Dein zweites Ego, richtig. Denke an die Symptome."

\>\> Ticks \<\<

\>\> Dialogische Stimmen \<\<

\>\> Wahnideen \<\<

\>\> Autismus, also Störungen der Informationsverarbeitung \<\<

\>\> Paranoia \<\<

\>\> Kognitive Defizite \<\<

\>\> Hysterie \<\<

\>\> Beeinflussungserlebnisse \<\<

\>\> Ein grundliegendes Trauma \<\<

\>\> Zerfahrenheit, also Zerstreutheit oder Abwesenheit \<\<

\>\> Wahnwahrnehmung \<\<

\>\> Perspektivenwechsel \<\<

\>\> Motorische Defizite \<\<

>> Halluzinose Begegnungen <<

>> Stimmungsschwankungen <<

>> Identitätskrise und -verlust <<

„Du bist leidenschaftlicher Comicleser. Welche ist deine Lieblingsfigur?" „D-Pool." „Und dieser D-Pool, für welchen du sogar einen Spitznamen hast, ist die bekannteste schizophrene Comicfigur. Verstehst du?" John schwieg. „Und seit dem Identitätsverlust von Phil leidest du an einer leichten Abulie. Das heißt du bist unentschlossen und willensschwach. Das brauchst du aber nicht mehr zu sein. Wir stehen nämlich kurz vor deiner Heilung." John begriff die knifflige Situation langsam. Er hatte in einer Scheinwelt gelebt, deren Ziel es war, eine Identität zu bewahren und eine Identität zu vernichten. Deshalb musste Phil sterben. Er hatte ihn ebenso wenig ermordet, wie seine anderen Opfer. Und alles was John unternommen hatte, hatte er allein unternommen. Phil und er waren ein und die selbe Person.

Chulio wartete auf eine Reaktion. John bot ihm diese: „Phil ist noch nicht lange fort." „Das wissen wir, Junge. Alles hatte darauf hingewiesen. Deshalb war es an der Zeit, das Schauspiel abzubrechen und dich aufzuklären. Wenn du wieder rückfällig wirst, wird unser Budget keinen weiteren Versuch gestatten. Verstehst du das?" John nickte. Es ergab Sinn, dass Phil nie aus Fleisch und Blut gewesen ist. Aber woher kam seine brutale Ader? Das Geschehen erinnerte ihn ohnehin an einen bekannten und sehr komplizierten Kinofilm. Daher konnte er die Diagnose noch nicht vollständig akzeptieren. „Welche Rollen spielten Silvia, Beppe, Libero und vor allem Viola hierbei? Und alle anderen, die ich flüchtig gesehen habe?" „Pfleger, die uns dabei geholfen haben oder andere Patienten, denen du einzigartige Charaktere zugewiesen hast. Das liegt in deinem Blut als Schriftsteller. Leider hat dich dieser Beruf völlig dahingerafft. Erfundene Charaktere wurden real. Aber wir sind jetzt auf dem besten Weg." „Aber was ist mit Viola? Unsere Beziehung habe ich mir nicht ausgedacht. Das kann nicht sein." John wurde aufbrausend. Er erinnerte sich an jeden Moment, den er als John oder als Phil mit ihr verbracht hatte. Und als Phil war er viele nächtliche Stunden mit ihr zusammen gewesen. *Viola ...*

„Ganz ruhig. Wir sperren unsere Patienten nicht ein. Jeder ist freiwillig hier und viele wohnen noch zu Hause. Die Frau ist eine unserer Patienten. Viola … ist Nymphomanin und deshalb ebenfalls in Therapie. Dass sich Menschen kennenlernen, anfreunden oder verlieben kann passieren. Wir kontrollieren ihre Leben nicht, sondern helfen ihnen dabei."

John begriff alle Absichten. Er begriff seine Absichten. Er begriff die Gründe seiner Vergangenheit. Eine psychische Krankheit, die für dämonische Besessenheit gehalten wurde. Der Zusammenhalt seiner Identitäten, welcher in diesem Feuer geschmiedet wurde. Und die Therapie, die ihn erlösen sollte. Aber am Ende war es der Streit um eine Frau gewesen. „Wie verbleiben wir?" „Du besuchst uns weiterhin regelmäßig. Du bist und bleibst weiterhin John Stephom, und dessen bist du dir nun bewusst. Du solltest weiterhin schreiben. Das ist dein Beruf. Aber bedenke, dass du in unseren Sitzungen erwähnt hast, dass Phil die Geschichten schrieb. In deinem letzten Buch wurde Phil Stephom sogar als Pseudonym eingetragen. Aber das Talent steckt in dir allein." Sie standen auf und verabschiedeten sich. John ging an Johannes vorbei, der ihn in einem grünen Kittel verabschiedete und ihm sorgsam auf die Schulter klopfte. John trat in einen hellgrünen, sterilen Flur und jede Kontur schien ihm klarer denn je. Alles war Einbildung gewesen. Er fühlte sich erlöst. Aber Viola war echt gewesen und Sie hatte ihn ertragen wie er war. Sie musste die Wahrheit erfahren. John schweifte nur kurz ab – dachte an das mysteriöse Päckchen und dessen Inhalt. Er konnte sich nun an Vieles erinnern, aber nicht daran, was in der verdammten Kiste gewesen ist – jedenfalls keine Bombe. Er versuchte sich zu konzentrieren. Nach kurzer, kaum nennenswerter Anstrengung beschloss er, dass es ihm egal war. Ein anderes Bild dominierte seinen Geist – er sah die Frau vor sich, die er liebte.

EIN UNNÜTZES KAPITEL

Dieses Kapitel ist völlig unwichtig. Es trägt weder zur Handlung bei, noch ist es reich an Kreativität oder Geistesblitzen. Eigentlich besteht es nur aus Fülltext, um das Buch zwei ganze Seiten dicker zu machen. Kurz gesagt: Dieses Kapitel braucht kein Mensch. Und obwohl dieses Kapitel so kurz ist, soll euch diese Information nicht zum Weiterlesen motivieren – im Gegenteil. Deshalb ist vorab eine Warnung angebracht: An dieser Stelle weiterzulesen, ist pure Zeitverschwendung. Tut es also nicht. Hört sofort auf damit! Überfliegt das Kapitel, ignoriert es oder reißt es heraus. Hier könnten ebenso leere Seiten stehen – Papierverschwendung eben. Man könnte meinen, der Autor sei persönlich in den Regenwald gegangen und hätte eigenhändig einen Baum gefällt – nur weil er es kann – ohne Rücksicht oder Skrupel. Genauso wenig mit Gewissensbissen gegenüber den lieben Lesern, die ihr wertvolles Münzgeld hierfür zum Fenster rausgeworfen haben. Der Autor lacht über Euch – genau in diesem Moment. Vor allem, weil ihr immer noch weiterlest. Selber schuld, die Warnungen eines Autors, in seinem eigenen Buch, sollten nie außer Acht gelassen werden. Wohlgemerkt: Dieses Kapitel ist ebenso unsinnig und geheimnisvoll wie eine Kiste mit einer Bombe, in der gar keine Bombe drin ist. Oder doch? Entgegen aller Warnungen oder Hinweise sollte an dieser Stelle dennoch etwas verraten werden: Der Inhalt dieser bekannten Kiste ist für die Geschichte von überraschender Relevanz – wenngleich von geringfügiger oder hoher. Es wäre möglich, dass sie einfach leer war – ebenso wie dieses Kapitel. Natürlich könnten auch das besagte Sexspielzeug in Form einer motorisierten Penispumpe, ein uraltes Relikt oder abgetrennte Körperteile darin gewesen sein. Entweder verbirgt sich darunter ein Rätsel oder es ist gut platzierter Nonsens. Ihr werdet es erfahren, wenn ihr dieses Kapitel endlich überspringt und weiterlest. Um es immer und immer wieder zu sagen: Diese Zeilen spielen überhaupt keine Rolle. Verschwendet keine Gedanken mehr daran, hebt sie euch auf. Jetzt kommt die Geschichte erst voll in Fahrt. Sämtlicher Gehirnschmalz wird schon bald aus euren Ohren fließen, wenn ihr noch immer an die Kiste oder noch schlimmer, dieses Kapitel denkt. Bei der vorliegenden Ausgabe handelt es sich übrigens um das erste Buch des hiesigen Autors. Alle stilistischen, feinen oder groben Fehler sind hiermit gerechtfertigt. Und jedweiliges negatives Feedback wird aus diesem Grund einfach ignoriert. Alle positiven Meinungen sind jedoch immer herzlich willkommen und werden intensiv unter die Lupe genommen.

Inmitten dieses Unsinns ist nun die Zeit gekommen, ein paar Grüße auszurichten: Mama, Papa, ich grüße euch. Hoffentlich seid ihr stolz auf mich. Den ganzen Rest grüße ich natürlich auch. Küsse und Bussis.

Da die Handlung nun ordentlich unterbrochen wurde, wie eine lästige Werbepause fünf Minuten vor Filmende, sollten wir wieder an das Geschehen anknüpfen. Die Lebenszeit, die euch dieses Kapitel oder womöglich das ganze Buch gestohlen hat, kann übrigens nicht erstattet werden. Ihr habt es freiwillig gelesen – mein Beileid.

Und denkt bloß nicht daran, dass der Autor an dieser Stelle mutig war, dies zu schreiben. Er war schlichtweg verwirrt oder betrunken oder beides. Apropos: Ist euch aufgefallen, dass niemand in dem Buch Alkohol trinkt? Vielleicht hat das eine Bedeutung. Vielleicht aber auch nicht. Ich habe doch gesagt, dass das Kapitel völlig unwichtig ist. Ihr Idioten.

Tatsächlich ist das Kapitel erst nach diesem Buch entstanden und wurde einfach an einer beliebigen Stelle reingequetscht. Es ist nämlich zu 99% austauschbar und spielt, wie gesagt und auf ein Neues: Überhaupt keine Rolle. Und für alle Leser, die in der Hoffnung, nichts zu verpassen, so naiv waren dieses Kapitel wirklich zu Ende zu lesen, folgt nun die verdiente Belohnung.

>> Stinkefinger. <<

ZUSTANDSLOS

Mit seiner Rechten strich John eine lose Strähne zurück. Er hatte sich gekämmt. Herausgeputzt stand er vor der Tür seiner Angebeteten. Er hoffte, das richtige Zeitfenster gewählt zu haben. Nach den Lappalien und dem Vorfall mit der Unterhose gab es einiges zu besprechen. John war sich nun sicher. Er wollte den Rest seines Lebens mit der Frau verbringen. Also betätigte er die Klingel.

>> Ding Dong. <<

Es tat sich nichts. Er klingelte erneut. Mittlerweile erhellten Sonne und Mond den von türkis-blau bis orange-rot verlaufenden Abendhimmel. Die Himmelskörper lieferten sich ein farbenfrohes Duell darum, wer ging, und wer blieb.

>> Ding Dong. <<

John hörte leise Schritte. Er wurde nervöser. Dann öffnete sich die Tür. Halbnackt musterte Viola Johns neues Auftreten – in Anzug und Krawatte. Dann stahl sie ihm die Ansprache: „Was willst du hier?" „Ich habe eine Überraschung für dich." „Ich glaube nicht, dass das so eine gute Idee ist. Dein Auftritt war ..." „Bevor du weiter redest", unterbrach sie John und legte seinen Finger auf ihren entzückenden Mund, „würde ich dir gerne meine Überraschung zeigen. Mehr verlange ich gar nicht." Viola sah tief in Johns trostlose Augen. „Das ist das letzte Mal", unterwies sie John. „Zeig mir deine Überraschung, los." „Du musst ... mitkommen." John packte Violas Hand, die von der schnellen sowie lieblichen Geste überrascht zurückwich. „Nicht so schnell Cowboy, ich muss mir noch eine Hose anziehen." John war ungeduldig, aber gestattete Viola ihren Wunsch, auf den er gerne verzichtet hätte. John wartete vor der Tür und wippte nervös auf seinen Füßen vor und zurück. Viola war schnell und trat mit geschwind übergestülpten Hotpants heraus.

„Die Hose verdeckt doch nichts, die hättest du nicht anziehen müssen." John alberte herum. Es war ein warmer Abend und man konnte noch problemlos kurze Kleider tragen. Und obwohl sie unterschiedlich gekleidet waren, passten sie im Bild des bunten Abendhimmels doch zusammen. Viola richtete sich willensstark an John: „Das wird hoffentlich nicht zu lange dauern." „Wir haben es auf jeden Fall nicht weit." Diesen Umstand akzeptierte Viola gerne. John hielt sie wieder an der Hand und ging voraus. Er hatte noch nie Händchen gehalten, musste aber feststellen, dass es ihm gefiel. Und Viola mochte es auch. Er zog sie an den Treppen vorbei, sie wunderte sich kurz, dann erklommen sie die Feuertreppe. Wenige scheppernde Stufen später waren sie auf dem Dach des Motels angelangt.

Während er Viola in ein Gespräch verwickelte, kramte John in seiner Tasche und wurde schnell fündig. Eine zusammengelegte Decke kam zum Vorschein. Diese breitete er sofort vor ihnen aus, um Viola einen Platz anzubieten. Die dünne Decke machte den kalten Betonboden keineswegs bequemer, dennoch war die Aussicht auf die umliegenden Parks romantisch. Der Mond spiegelte sich auf mehreren Ententeichen, der Wind blies ihr angenehm mild durchs Haar und sie war begeistert. Viola war noch nie auf die Idee gekommen, das Dach des Motels aufzusuchen. Nun hatte sie einen neuen Lieblingsplatz. Und John hatte sie tatsächlich überrascht. Als Nächstes zog er eine Lunchbox, mit aufgespießten Trauben und Käsewürfeln hervor. Damit setzte er sich neben Viola. Jetzt schwiegen sie, genossen die Aussicht und aßen die Häppchen. Als John Viola fütterte, sie bei dem Versuch gelacht hatten und Viola auf eine Umarmung einging, schritt John zu seiner letzten, geplanten Tat. Mit seiner linken Hand durchwühlte er seinen Rucksack, während sich Viola enger an ihn schmiegte. Er fühlte etwas kaltes aus Metall, aber ignorierte es. Dann fand seine glitschige Hand ihr Ziel. John löste die angenehme Umarmung und drehte sich im Schneidersitz zu Viola herum.

„Viola ..." „Ja?" Viola erwiderte seinen bohrenden Blick bedenklich. Dann führte John seine linke Hand hinter seinem

Rücken hervor und ging aufs Ganze. In einer offenen Schatulle funkelte ein dezenter Diamantring. „Willst du mich heiraten?"

„Ja", Viola stutze, „ja, äh nein." „Wie, was", John stutzte ebenfalls. „Nein, Schätzchen. Nach allem was passiert ist ... Ich brauche Zeit." „Ich will für immer mit dir zusammen sein Viola, das ist mir jetzt klar geworden." John war hoffnungslos romantisch und er erkannte sich selbst nicht wieder. „Das alles hier ...", Viola schwenkte ihre Hand über die Häppchen, die Decke und den Rest des Dachs, „ist wirklich nett, aber deshalb werde ich dich nicht gleich heiraten." Viola nahm Johns Hände und streichelte sie zärtlich. John konnte auf die Schmuserei nach dieser Antwort jedoch verzichten. „Nett?" Hatte ihn das gestammelte *Nein* schon frustriert, so hatte ihn diese Bezeichnung nun gepeinigt.

John ließ ihre Hände los und stand auf. Gekränkt stopfte er seine Sachen in den Rucksack zurück. Viola wendete sich dann aber an ihn: „Den Antrag bei Seite genommen, hätten wir aber auf dem heutigen Tag aufbauen können." John sah Viola noch einmal tief in die braungrünen Augen. Dann schnaubte er enttäuscht: „Hätten ..."

Er brachte Viola noch hinunter. Tatsächlich verhielt sich John trotz der Vielzahl an verschiedenen Emotionen halbwegs erwachsen. Sie schwiegen, aber die Romantik war noch nicht völlig verschwunden. „Ich melde mich bei dir." Viola drückte ihm einen entscheidenden Kuss auf die Wange. Mit rotem Lippenstift im Gesicht, ließ sie ihn vor der Tür stehen. Und John war trotz allem und wegen allem, kurz davor, sein linkes Auge zu malträtieren.

HEILUNG

Nach gewissen Ereignissen braucht ein jeder etwas Raum, um sich zu sammeln und neue, mentale Kraft zu tanken. Das hatte ihm Johannes auf den Weg mitgegeben. John blies dennoch großes Trübsal und dachte fortwährend über die Worte nach, die seine romantische Geste frühzeitig beendet hatten. Ihm gelang nichts mehr. Er war Schriftsteller, dessen war er sich nun bewusst, aber wenn er nichts schreiben konnte, war er genauso nutzlos wie bisher. Er stand wieder am Anfang.

John vegetierte schon mehrere Tage vor sich hin, um auf leere Seiten in einer Schreibmaschine zu starren. Sein Laptop versank zwischen den Couchpolstern unter Essensresten und Müll. Er verließ das Haus nur, um zu den Sitzungen mit Johannes oder Chulio zu gehen, die allem Anschein nach von seiner Genesung überzeugt waren. Johns Zustand kam einer Heilung jedoch nicht zu Gute. Jeder verstrichene Tag bot ihm Erleichterung darüber, Viola irgendwann wieder näher zu kommen aber zugleich Frustration über sein verlorenes Talent.

Er las sich die Seiten des angefangenen Buches durch, fand aber keinen Draht zu den Charakteren. Tagtäglich bestellte sich John Pizza und Cola nach Hause. Seine Haare wurden fettiger denn je. Er bemerkte nicht einmal die Salamireste in seiner Frisur, nachdem er mit dem Gesicht in Überresten geschlafen hatte. Und seit sechs Tagen trug er nichts weiter als seine rote Unterhose. Diese war zwar bequemer als er dachte, wies aber mittlerweile ein bis zwei Löcher am Hinterteil auf. Und wenn er das Haus doch verließ, schlüpfte er in seinen ungewaschenen, neuen Anzug.

Der siebte Tag brach an. John duschte sich, wechselte die Unterwäsche und schlüpfte in eine braune Hose. Dann setzte er sich vor die Schreibmaschine. Sein Oberkörper lugte nackt und behaart aus dem offenen Fenster. Es war ein schöner Tag. Seine Finger schwebten über den Tasten. John sah auf die schwarzen Knöpfe, dann auf das weiße Papier, dann aus dem Fenster in die Ferne. Diese Schritte wiederholten sich einige Male. Dann bewegte er einen Finger. Irgendwann war die Mittagsstunde erreicht. Das gleiche Blatt Papier war eingespannt. Auf diesem stand ein einziges Wort.

>> Mopskaraoke <<

Und egal wie gerne er sich vorstellte, in die dicken Brüste einer gut gebauten Frau zu singen, gefiel ihm dieses Wort nach unzähligen Stunden immer weniger. John riss das Blatt aus seiner Spannung und zerknüllte es. Viola hatte sich noch nicht gemeldet. Wie viele Tage konnte er noch warten? Eine Situation, die seine Schreibblockade nicht gerade lockerte.

Er pfefferte das Knäuel quer durch den Raum. John sank auf die Tasten herab. Die Zylinder der Schreibmaschine schossen gleichzeitig ins Leere. Die Zeit verstrich. Die Sonne zog ihre Bahn, die Erde drehte sich. Dann kam ein leuchtender Halbmond zum Vorschein. Sterne funkelten am Himmel. Und Johns Haltung blieb unverändert.

Er richtete sich auf und starrte regungslos in die Nacht. Dann schlug er seine geballte Faust auf den Tisch. Die Schreibmaschine und das Holz pochten. Die Typenzylinder hatten sich verkantet. Er löste den Buchstabensalat und griff nach einem neuen Blatt, um es einzuspannen. Seine Finger schwebten wieder über den Tasten. Das Papier blieb jedoch leer. Seine Gedanken schweiften ab. Er dachte an Phil.

Dann kribbelte sein linker Zeigefinger, kurz darauf die ganze Hand. Sein linkes Auge fing an zu jucken. Und wie besessen klopften die Finger schwarze Buchstaben aufs Papier.

Akt 2

Wenn die Menschen
im Jenseits und der Ewigkeit getrennt sind,
wie finden sie dann im Leben zusammen?

BESESSEN

Johannes stand vor der verlebten Tür und klingelte. John war der letzten Sitzung fern geblieben, was ein großer Grund zur Sorge war. Und da Außeneinsätze Johannes betrafen, fand er sich nun erneut vor Johns Wohnung wieder. Er klingelte wiederholt, aber niemand öffnete ihm. Johannes wurde ungeduldig, leichter Nieselregen plätscherte auf ihn herab, während sich still und heimlich dunkle Wolken näherten. Johannes ballte eine Faust und klopfte kräftig an. Gleich nach dem ersten Schlag schwang die Tür langsam nach innen. Sie knarrte. Durch den Spalt fand nur wenig getrübtes Licht in die Wohnung. Johannes gewährte dem Raum etwas mehr Sonnenlicht, schob die Tür auf und trat ein. Sein Sichtfeld war auf drei Meter begrenzt. Hier verschwand der Lichtkegel in tiefem Schwarz. Die Wohnung war unordentlich. Irritierender waren jedoch Möbel, die zweckentfremdend verteilt oder umgestoßen waren. Johannes verschwand in eben dieser Dunkelheit. Er suchte einen Lichtschalter und tastete danach. Nach wenigen Metern wurde er fündig. Der Kippschalter klackte, zeigte aber keine Funktion. „Johnnyboy?" Johannes richtete sich an die Leere. Der Wind fing an zu pfeifen. Ein eisiger Zug durchdrang den Eingang. Dann schwang die Tür hinter Johannes von selbst in die Angeln. Dunkelheit umgab ihn. Auf gleichem Wege wie er gekommen war, schlich er zurück. Doch der Müll versperrte ihm, ohne Sicht, den Weg und wurde zur Stolperfalle. Er fiel und landete unsanft. Johannes ärgerte sich lautstark über den vorgefundenen Saustall. Dann rief er erneut: „John?"

Dieses Mal klang er erzürnt. Johannes robbte nach hinten. Dann nahm er ein Rascheln war. Etwas bewegte sich in der Finsternis. Die Jalousien hielten dem Wind nicht länger stand und klapperten ungleichmäßig. Plötzlich waren Schritte zu hören und das Geräusch bewegte sich auf ihn zu. Es klang wie nackte Haut, die wie von Kinderbeinen schnell hintereinander auf den Boden gesetzt wurde. Dann gewann das unangenehme Geräusch an Höhe und kam auf einmal von der Decke. Es war nun unmittelbar über Johannes zu hören. Dort verstummte es. Johannes ging langsam zurück und stieß rückwärts an die Tür. Sein Arm wanderte zur Türklinke, jetzt klang er ängstlich: „Johnny?" Das Geräusch bewegte sich von ihm weg und verschwand in einer Ecke. Nachdem es nur kurz verebbte, kamen die Schritte mit einem Mal von der anderen Seite und näherten sich dafür umso schneller. Es war unmittelbar zu seiner rechten Flanke und stoppte nicht. Der letzte Schritt ertönte direkt neben ihm. Johannes' Puls raste. Er konnte plötzlich einen fremden Atemzug spüren. Dieser blies ihm direkt ins Gesicht.

Johannes zog die Türklinke herunter und öffnete die Tür. Die anwesende Präsenz entzog sich dem Licht. Neben ihm war nichts, dann ertastete er etwas Hartes. Er griff danach. Es war ein kurzer Revolver. Und er kannte die Waffe. Johannes ließ den Revolver erschrocken liegen und richtete sich schnell auf. Er schüttelte sich. Die Außenwelt war dunkler geworden, der heimtückischen Stille war Donner gefolgt und Blitze erhellten kurzzeitig ihr Territorium. Jeder Lichtimpuls erhellte den Raum mehr und wies auf eine größere Unordnung hin, wie zuvor erhascht. Johannes erster Blick verfolgte die Richtung des grusligen Atems. Ein Blitz ließ die Stelle kurz erstrahlen. Nichts. „John!" Johannes war aufgebracht. Sein Blick wanderte nach links. Das Licht hatte sich wieder zurückgezogen. Der nächste Blitz folgte. In diesem Moment erkannte Johannes die Person neben ihm. Im nächsten Augenblick war er tot. Dem Umstand folgte ein feuchtes Schmatzen. Kurz darauf verließ die Gestalt ihre Höhle. Die Tür schloss sich wie von Geisterhand und das Licht beugte sich wieder totaler Finsternis.

GEISTER

John öffnete langsam seine Augen. Er streckte sich und alle Gliedmaßen knacksten fürchterlich. Dünner Nebel umgab ihn. Kalte Luft füllte seine Lungen. Er lag weit abseits seines Bettes – weit abseits seiner Wohnung oder einer Stadt. John lag auf einem Friedhof.

Er erinnerte sich an ein weißes, unbeschriebenes Blatt, daran wie seine Hände über den Buchstaben der Schreibmaschine kreisten. Im nächsten Augenblick kam er auf diesem Friedhof zu sich. Und an den gleichen, unbefleckten Händen haftete auf einmal getrocknetes Blut. Natürlich war er schockiert, er ließ sich aber nicht überwältigen. John trug die Klamotten vom Vortag. Dazu gehörten lediglich dicke Wollsocken sowie eine lange Hose. Auf seinen dünnen Armen bildete sich eine Gänsehaut. John rieb sich seinen blanken Oberkörper. Dann wanderte er über den Friedhof.

Es zeigten sich weder Sterne, noch Mond, noch Sonne. Es musste aber früher Morgen sein. Morgentau haftete an den Grashalmen. Der kalte Stein um ihn herum war trostlos. Tod düngte die Erde. Im Nebel zeichnete sich eine Silhouette ab. John bewegte sich darauf zu. Die schwarzen Schemen wichen Details. Eine Person hockte auf einem Grabstein. Sie rührte sich nicht. Obwohl John unmittelbar vor ihr stehen blieb, löste sich die Statur erst nach seinen Worten: „Phil?"

„Oh, Johnny. Johnny, Johnny, Johnny. Warum hast du das getan?" Phil deutete auf seine blutige Brust. „Du bist nicht real." John wischte durch die Gestalt, welche sich nebelhaft verzog. Er wollte sein altes Ego jedoch nicht vertreiben. „Phil?" Er erschien auf einem Grabstein hinter ihm. „Wir sind eins." John drehte sich schnell um die eigene Achse. Dieser Worte war er sich bewusst. Er nahm den Dialog dennoch auf: „Warum bin ich hier?" „Dir wurden viele Lügen aufgetischt, Johnny. Ich werde uns auf den rechten Weg führen." John prüfte die Erde unter sich, die Luft, sein Empfinden. Alles war echt. Er schwieg. „Du bist wach, dennoch träumst du. Sie dich um Johnny." Phil stand auf und gewährte John ein freies Sichtfeld auf den Grabstein. John las die Innschrift.

>> Adam Van Buyten <<

Ein einziger Name. Aber eine klare Botschaft. Phil ging voraus und John hastete ihm unaufgefordert hinterher. Weitere Grabsteine kreuzten ihren Weg.

>> Zoa Peres <<

>> John Stewart <<

Er erkannte nicht alle Namen. Aber er kannte auch nicht alle Namen seiner Opfer. Und die, die er kannte, reichten aus. „Sie sind alle tot?" „Natürlich. Johnny, du hast sie umgebracht." Sie liefen weiter und kamen an unzähligen Gräbern vorbei. John holte nicht auf, sprach aber weiter: „Wieso wurde ich angelogen? Wieso sitze ich nicht hinter Gittern oder bin selbst tot?" „Wieso stellst du mir solche Fragen? Ich bin kein Geist." Die Aussage klang ironisch. Der Nebel bäumte sich gespenstisch auf. Phil antwortete ihm jedoch mit einer Gegenfrage: „Aber wie überwältigt man einen Irren, Johnny?" „Man sperrt ihn ein?" „Nein, man heilt ihn." John holte auf und lief nun neben Phil. „Und man benutzt ihn. Alles ist wahr Johnny. Du wurdest manipuliert. Und du wurdest zum Werkzeug von Verbrechern wie Chulio. Dir sollte im Klaren sein, dass du mich brauchst." „Aus diesem Grund sind wir hier?" Phil blieb stehen. Einen Schritt später stoppte auch John. Phil streckte seinen Arm aus und wies auf die Gräber hinter ihnen. Die Grabreihen schienen unzählbar nach hinten zu wachsen.

„Du hast Tod und Verderben gesät. Ich zeige dir dein Werk." Stille. Nichts. Dann wies Phil auf Johns blutverschmierten Hände. „Und du hast es wieder getan." Stille. Nichts. „Und doch bist du zur Liebe fähig. Das hat uns Viola gezeigt." John vergaß die unzähligen Gräber und die frische Tat und dachte an

Viola. „Und was erwartest du von mir?" „Räume den Körper Johnny. Mach Platz, sodass die üblen Manipulatoren ihr Werkzeug verlieren und Viola den Mann bekommt, in den sie sich verliebt hat – den Mann, der gut für sie ist." Phil blickte wieder auf Johns rot verfärbten Hände herab. Dieser spürte am ganzen Körper, dass Phil ihn bereits überzeugt hatte. Seine Worte trafen auf fruchtbaren Boden. Und die ersten Sprösslinge gruben sich aus der Erde. Johns Hände kribbelten. „Ich bin der Mörder in dieser Geschichte, der Psychopath. Du bist der Schriftsteller, der Bewunderte. Du schenkst Liebe, ich nehme sie. Ich bin der Böse, du der Gute." Phil nickte nur.

Der Nebel lichtete sich. Sonnenstrahlen traten durch ein Wolkenloch und wärmeres Licht dehnte sich aus. „Viola zu Liebe ... was soll ich tun?" „Erwecke mich wieder zum Leben." Phils Abbild löste sich auf. Dahinter erblickte John einen letzten Grabstein. Er las die Inschrift. Sie begann mit: *Verschollen, aber nie vergessen – Phil ...* Johns Sicht wurde trüber. Der geschriebene Name verschwamm. Und Phil nahm seinen Platz ein.

UND DÄMONEN

Phil war wieder zurück. Und er war wieder in der Welt der Verstorbenen. Er ging in die Wohnung zurück und packte das Notwendige zusammen. Dann machte er sich auf, sein Weib zurückzuerobern. Seinen verlogenen Feind hatte er aber nicht vergessen.

Phil stieg aus dem Bus und lief los. Er hatte sich einen langen, zerfledderten Mantel übergeworfen, der seine Mitbringsel verbarg. Die Straßen waren immer noch nass. Somit schritt er voran, den langen Mantel durch seichte Pfützen schleifend. Wenige Tropfen prasselten auf seine zugezogene Haube, die sein Gesicht in tiefe Schatten hüllte. Seinen Schritten folgten weit entfernte Blitze und leiser Donner. Das Unwetter hatte sich entfernt, lauerte aber und näherte sich auf ein Neues.

Phil blieb vor der hölzernen Haustür stehen und klopfte mit erschütternder Gewalt an. Das Holz pochte zwei Mal in langen Abständen. Dann öffnete sich die Tür und seine verloren geglaubte Freundin trat zum Vorschein. Es handelte sich aber nicht um Viola. Die verzierte Holztür gehörte zu einem kleinen, netten Haus. Und darin wohnte niemand geringeres als Silvia Roché.

Phil entblößte seine linke Hand und zog einen abgetrennten Kopf hervor. Er schwang seinen Arm nach vorn und der Kopf flog an Silvia vorbei. Er rollte noch wenige Meter über den befleckten Teppichboden. Dann starrten Johannes' leblose Augen an die Decke des Hauses.

Silvia verfolgte das Spektakel. Ihre Augen funkelten. Sie erkannte den Kopf wieder. Dann drehte sie sich wieder um. „Phil?" Der eingehüllte Mann nickte. Silvias Gesichtsmuskeln zuckten empor. Dann ... presste sie ihre Lippen auf Phils Mund. Währenddessen sprach Phil zu ihr: „Willst du mich nicht reinbitten?" Silvia unterbrach den Kuss und bat Phil wie aufgefordert in ihr Haus.

„Was ist passiert?" Silvia stellte eine Frage, deren Antwort viele Leute interessierte. Phil öffnete seine rechte Hand und ließ einen transparenten Kanister fallen. Darin bewegte sich eine rote Flüssigkeit. Dann streifte er den Mantel ab und ließ ihn ebenfalls auf den ruinierten Teppich gleiten. „Lass uns ein Bad ein, ich erzähle dir alles." Silvia gehorchte aufs Wort. Und einige Zeit später fanden sie sich in einer Wanne wieder.

Johannes' Kopf zierte eine goldene Ablage neben der altmodischen Wanne, die ebenfalls goldfarben schimmerte. In dem gelben Metall spiegelten sich tanzende Kerzenflammen. Schwefelgeruch lag neben dem sanften Lavendelduft in der Luft. Der leere Kanister stand daneben und das Blut schwamm nun in der Wanne, vermengt mit heißem Wasser und nackten Leibern. Sie tranken Wein aus goldenen Kelchen und unterhielten sich. „Nun?" Phil stellte seinen Kelch neben den losen Kopf und antwortete ihr endlich.

„Ich habe Johnny unterschätzt. Jahrelang habe ich versucht, ihn von Menschen fernzuhalten. Das war kein Problem – hier ein paar Lügen über Körperhygiene, dort ein paar Hassreden über die Kultur, Selbstgespräche an öffentlichen Orten. Ihn zu einem Killer zu machen, war auch einfach. Ein bisschen an einem Gerüst rumspielen und den fetten Leib der Fensterputzerin und die Schwerkraft den Rest erledigen lassen. Schon hatte sich John mit seiner schicksalhaften Bestimmung angefreundet. Dann verliebt sich der Trottel. Ich habe mich natürlich auch ein wenig mit der Kleinen vergnügt. Und plötzlich läuft mir ihr Stalker über den Weg. Das war perfekt. Alles sollte darauf hinauslaufen, dass sie als Schlampe geoutet wird und John sie verlässt. Aber nein, Johnny wollte um sie kämpfen. Also musste ich ihm noch einen Schubs geben. Als er dachte, die Kleine und ich hintergehen ihn, war er gebrochen. Aber er war nicht schwach, sondern stärker als zuvor. Ich wollte ihn aus dem Körper vertreiben, aber er schaffte es tatsächlich, mich in seinen Geist zu verbannen. Mich! Nach allem, was ich geplant hatte. Man sollte einen Wirtskörper niemals unterschätzen. Wir sind schließlich auch nur Dämonen."

Phil lachte mit teuflisch verzerrten Lippen. Silvia grinste. Doch plötzlich schnellte Phil vor. Wasser und Blut schwemmten über den Wannenrand. Er packte sie an der Gurgel. „Was?" Silvia verstand es nicht. Doch Phils Antwort erfolgte rasch: „Und du fickst währenddessen Chulio, unseren größten Feind. Bist du übergelaufen, hä?" „Ich … Ich …" Weiter kam Silvia nicht. Die gewaltsamen Arme um ihren Hals schnürten ihre Atemwege zu. Dann ließ Phil sie wieder los und setzte nach: „Du?" „Ich konnte nichts dafür. Du warst weg – verschollen." „Weißt du, wo ich war?" Phil blieb laut. Silvia schüttelte verängstigt ihr Haupt. „Dein neues Sexspielzeug Chulio hat mich durch das Portal geworfen. Ich war auf der Erde! Dort musste ich John besetzen, als er noch ein Kind war. Und seine beschissenen Eltern hätten mich beinahe ausgetrieben. Es hat ewig gedauert, bis wir gestorben sind und wieder hierher kommen konnten. In unsere geliebte Zwischenwelt."

„Das wusste ich nicht." „Zerbreche dir nicht deinen hübschen Kopf. Ich konnte eure Fehler beheben. Du gehorchst jetzt wieder mir, und niemand anderem! Ist das klar?" Silvia streichelte Phils nackte Oberschenkel und nickte unterwürfig. Phil war beschwichtigt, fürs Erste. Seinen Zorn sollten vorerst andere zu spüren bekommen. „Eine Rechnung ist noch offen. Johannes war mir auf die Schliche gekommen. Und Chulio ließ nicht mit sich verhandeln. Also hätte er sterben sollen. Die Bombe war schon an Ort und Stelle. Aber nein, unsere lieben, eierlosen Hüter wollten Johnny retten, indem sie ihm eine Psychose anhafteten. Und der Depp erzählt ihnen auch noch von der Bombe. Sie hätten ihm aber die Wahrheit sagen, oder ihn gleich umbringen sollen. Ein zweites Mal werden die Hüter des Seins nicht davon kommen."

Phil prostete. „Lass uns darauf anstoßen. Bald baden wir in Blut – nicht verdünnt und rein wie die Götter der Erde." Silvia erwiderte seine Geste. Die goldenen Kelche stießen zusammen und ließen einen Gong des Todes durch das Badezimmer hallen. Phil nahm einen kräftigen Schluck und wippte anschließend mit dem Gefäß in seinen Händen. Er betrachtete die rote Verfärbung des Weins und des Wassers. „Gefällt dir mein Geschenk?" Silvia beugte sich nach vorn und entblößte somit ihre blutübergossenen Brüste. Dann zog sie den goldenen Tisch zu sich und streichelte den abgetrennten Kopf darauf. „Natürlich gefällt mir dein Geschenk." „Das war der Erste."

Phil brachte ein bösartiges Gelächter hervor und sogar Silvia bekam es wieder mit der Angst zu tun. John litt unter dem Gelächter. Er war so nah und doch so fern. Wie ein Beobachter saß er gefangen in seinem eigenen Körper fest. Und trotzdem wollte er nur Viola vor dem bevorstehenden Sturm in Sicherheit wiegen. Dann wurde das Lachen vom Folgedonner verschlungen.

DER REVOLVER

„Zuerst war Nichts. Dann entstand das Sein. Das Schöpferlicht erlosch und wich einem ewigen Gleichgewicht. Erde, Sein, Nichts und die Zwischenwelt koexistierten seitdem in verschiedenen Dimensionen. Die Erde und das uns bekannte Universum waren dabei das schaffende Licht und standen im Zentrum. Hier entstand das Leben. Es wurde geboren, begann zu laufen und fand seinen Weg. Ein Menschenleben war nur ein Orientierungslauf, die Wahl eines Glaubens, der sie für ihr nächstes Leben – das ewige Leben – vorbereitete. Dieser Glauben und das Karma öffneten nach dem Tod die Pforte zur Ewigkeit, dem reinen Sein. Hier fand jeder sein eigenes Paradies, egal für welchen Glauben man sich entschieden hatte. Gequälte oder schlechte Seelen erreichten diesen Ort nicht. Die Ewigkeit und das eigene Paradies wären für diese die Hölle selbst gewesen. Das Nichts sollte sie nach dem Tod erlösen.

Seelen, die weder rein noch unrein – also unentschieden – waren, mussten sich in der Zwischenwelt entscheiden. Die *Hüter des Lichts* vertraten hierbei alles was gut und wertvoll am Leben war. Die *Diener des Nichts* waren der Meinung, dass jede Form des Seins mehr Qualen als Freude bereitete, selbst im Paradies. Bisher bewahrten aber auch sie das Gleichgewicht und brachten geschundene Seelen auf den einzigen Weg, der für sie keine ewigen Qualen bedeutete. Hüter, Diener und Verstorbene konnten der Zwischenwelt, ähnlich wie im Sein, ihr eigenes Bild verleihen. Hüter und Diener benutzten diese Illusion für ihre Zwecke, während die Verstorbenen keine Kontrolle darüber hatten und ihr Menschenleben geblendet fortführten. Wenn sie hier starben, betraten sie die Ewigkeit in der Form des Seins oder des Nichts. Der Tod von Johnny brachte ihn und einen gleichermaßen alten wie narzisstischen Diener zurück in diese Zwischenwelt. Und Phils Bildnis der Erde sollte die Zwischenwelt in ein Fegefeuer verwandeln."

„Gut, das haben wir. Nun zur nächsten Frage. Sie leiden an einem Minderwertigkeitskomplex und sind oft depressiv. Hat Sie das irgendwann im Rahmen der letzten Vorfälle beeinflusst?"

„Depressiv ist so ein niederschmetterndes Wort. Aber ja, das trifft zu. Und ich bin nun mal ein winziger Revolver mit kurzem Lauf. Kennen Sie Fleischsäcke mit kleinem Penis, die ständig ihren Hosenladen offen haben und den kleinen Wurm baumeln lassen? Ich habe keine Wahl. *Kurz* gehört zu meiner Produktbeschreibung, meinem Lebenslauf, wenn Sie so wollen. Das ist so traurig. Mein Handeln hat das aber nie beeinflusst. Ich habe stets versucht, meine Pflicht zu erfüllen. Aber ist das wichtig? Kommt das auch in das Interview?"

„Das nehmen wir vielleicht raus. Sie waren einst Chulios Waffe. Er ist ein Hüter des Lichts. Welche Personen sind Ihnen noch begegnet?"

Der Revolver lag auf einem alten Klappstuhl. Die Aufzeichnung für das Interview lief und die REC-Anzeige zählte auf 22:18.

„Chulio, mein kleiner Engel. Ohne ihn bin ich nichts. Ja er ist ein Hüter der Lichts. Der Anführer, wenn Sie so wollen. Johannes war sein engster Vertrauter, bis … Ich wünschte ich könnte weinen. Haben Sie schon mal einen Revolver weinen sehen? Naja, Chulio und Johannes waren immer die besten Illusionisten. Beppe und Libero waren auch Hüter. Als Geschäftsführer, Polizisten, Seelenklempner oder einfach nur Freunde haben sie viele Seelen ins Licht begleitet – sei es durch das Portal oder den Tod in der Zwischenwelt. Adam war eine solche Seele. Er war großartig – und ein richtiger Mann. Ich wäre gerne so gewesen, wie er. Auch wenn er vor seinem Tod auf der Erde beinahe der Pädophilie verfallen wäre, konnte er hier seine Gedanken abstreifen und neu anfangen. Silvia hat sogar dazu beigetragen – ihm die Gedanken aus dem Leib gevögelt, wenn Sie so wollen. Sie war schon immer verdorben und unersättlich. Ein wahrer Diener des Nichts. Dennoch kuschte sie vor Chulio. Sie wäre beinahe übergelaufen. Enrico und Phil, der älteste Hüter und der dunkelste Diener, waren verschwunden.

Bis auf Silvia zogen sich die meisten Diener zurück. Chulio verkraftete den Verlust seines Vaters besser.

Hier und da gab es aber auch Seelen, die das Paradies nicht verdient hatten. Zoa war eine schwarze Witwe. Sie hatte in der Zwischenwelt an ihrem alten Leben angeknüpft und ihre Ehemänner erst um ihr Leben, dann um ihr Vermögen gebracht. Sie verdiente den grausamen Tod. Dieser Storch, der Drogenkoch, hatte ihn auch verdient. Er hat mich geklaut. Seine ekelhaften Finger glitten immer über meinen Körper, als er mir gute Nacht wünschte. Ich war noch nie zu etwas zu gebrauchen. Ich hatte dieses Schicksal wohl verdient. Haben Sie ein Taschentuch? Nein? Das würde sowieso nichts bringen.

Dann kam John – verkleidet als schizophrener Antiheld – was für eine Ironie. Er hatte sie nicht mehr alle. John hatte allerdings etwas, was ich nie haben werde. Eine große Liebe. Viola – sie wäre wahrscheinlich ins Paradies gekommen. Und dann lief alles schief."

„Danke, den Rest kennen wir. Nun zur letzten Frage: Uns würde noch interessieren, warum Phil das alles getan hat?" Der Revolver konnte sich sonst über nichts freuen, aber der Plausch und die Gesellschaft gefielen ihm. Daher wollte er das Interview etwas in die Länge ziehen.

„Da muss ich etwas ausholen. Diese Geschichte ist eigentlich ziemlich traurig. Naja, sehen Sie mich an. Das passt ja. Ich kam als süße, kleine Smith & Wesson 629-6er auf die Welt. Mit Ebenholz-Griff. Meine Geburt war ziemlich langwierig. Ich hatte gleich mehrere Eltern, die nur kurz an mir rumgeschraubt haben. Teils Maschinen, teils Fleischsäcke. Tage, Wochen, Monate verbrachten meine Geschwister und ich auf Fließbändern und in Kisten. Alle hänselten mich. Und ich stellte mir viele Fragen. Warum lebe ich überhaupt? Wie viel Leid kann eine Waffe ertragen? Was ist der Sinn des Lebens? Wie schmecken Radieschen? Und wieso konnte ich mir diese Fragen überhaupt stellen? Dann kam Chulio und befreite mich. Mein Retter. Mein Prinz."

„Können Sie sich bitte etwas kürzer fassen. Uns interessiert nur Phil", forderte der Reporter mit alter, mitgenommener Stimme.

„Oh, ja, natürlich tut es das ... Tut mir leid. Also gut. Später landete ich ja in Johns Besitz. Er hätte sich beinahe selbst erschossen. Ständig führte er Selbstgespräche. Dann ging es ihm besser. Aber nicht lange. Und der verfickte Dämon Phil übernahm seinen Körper. Und dieser Kerl ist ja ein Diener des Nichts, aber die meisten Fleischsäcke hier unten würden ihn als Dämon bezeichnen. Das war der Tiefpunkt. Da Phil auf der Erde gestrandet war, hatte er Fleischsäcke von der Hölle und dem Fegefeuer sprechen hören. Ihm gefiel dieser Glauben. Und ihm schmeckte es nicht, dass die unreinen Seelen nicht bestraft wurden. Phil wollte die Zwischenwelt in ein ewiges Fegefeuer verwandeln. Jetzt ist er nah dran. Mehr als das. Aber ich habe mich damit abgefunden. Das Leben hat sowieso keinen Sinn mehr, seit ..."

„Vielen Dank für Ihre Zeit und das spannende Interview. Wir werden Ihnen einen Auszug zukommen lassen."

Der Revolver verstummte nur kurz. Dann wandte er sich wieder an den Reporter, welcher seine Kamera von dem Stativ montierte. „Wer sind Sie eigentlich?"

>> „Mein Name ...", er hustete, „ist Enrico Tremante." <<

HIMMEL

Beppe und Libero hatten sich auf Geheiß von Chulio vor Johns Wohnung zusammengefunden – höchste Vorsicht war geboten. Sie kamen nicht drum herum, Chulio herzuzitieren, als sie die Räume gesichert und Johns beziehungsweise Phils Werk entdeckt hatten. Chulio trug einen weißen Trenchcoat und einen passenden Hut.

Das Unwetter hielt an, Chulio hielt es für passend. Beppe und Libero lehnten vor der geöffneten Tür und warteten auf ihren dritten Mann. Dieser näherte sich mit schnellen Schritten. „Was soll ich mir ansehen?" Beppe balancierte einen Revolver am Zeigefinger. „Das ist wohl deiner." Chulio stutzte, dann nahm er seine alte Waffe und wog den kleinen Revolver in den Händen. Wenn das alte Schießeisen Gefühle gehabt hätte, würde es nun wieder Hoffnung schöpfen. Dann verschwand der Revolver in Chulios Jackentasche und es wurde dunkel – schon wieder. Chulio wunderte sich über seinen alten Begleiter: „Wie ..." „Das wissen wir nicht. Aber wir befürchten das Schlimmste." Libero öffnete ihm die Tür und Chulio schnellte an den Zwillingen vorbei, die sich ähnlich sahen, weil sie es wollten. Chulio lief nur wenige Schritte in den kalten Raum, bis er inne hielt. Beppe und Libero stellten sich hinter ihm auf. Der Anblick war furchtbar.

Möbel und Müll waren kreuz und quer im Raum verteilt. Auf den verfaulten Nahrungsmitteln bildete sich bereits ein geruchsintensiver Pelz aus Schimmel. Der Gestank, der alles Weitere überdeckte, hatte jedoch einen anderen Ursprung. Arme und Beine lagen auf dem Boden, herausgerissen von bloßer, physischer Einwirkung. Ganze Finger und Zehen fehlten. Wie die verstreuten Erdnussflips und Pizzastücke wurden sie angeknabbert zurückgelassen. Mitten im Raum stand eine Konstruktion aus Besenstielen. Darauf spießte ein ausgebluteter Torso. Die losen Arme und Beine passten zu dem zerstückelten Leib. Der Kopf fehlte. Das Blut war eingetrocknet oder herausgelaufen. Einige Maden krochen zwischen dem verbliebenen

Fleisch. Die drei Hüter erkannten die Überreste ihres Freundes wieder. Johannes war ermordet worden. Und seine Leiche diente einer einzigen Botschaft: Krieg!

„Chulio, das passt nicht zu John." Beppe rang nach Antworten, die ihm Chulio lieferte: „Das liegt daran, dass John nichts damit zu tun hat." Beppe hielt sich ängstlich zurück. Libero sprach weiter: „Er ist also wahrhaftig zurückgekehrt. Das ist schlimm, wirklich schlimm. Wir hätten niemals versuchen sollen, einem Narr wie ihm, ins Paradies zu helfen." Chulio seufzte: „Und wir sind nur noch zu dritt." Chulio bemerkte einen weißen Zettel an dem geschändeten Leib. „Was ist das?" Beppe rührte sich nicht. Libero verdrehte die Augen und lief an Chulio vorbei. Er hielt sich die Nase zu. Selbst wenn sie die Realität verändern konnten, blieb Gestank Gestank, sowie eine Couch eine Couch oder ein Hochhaus ein Hochhaus blieb. Die Gabe des Erschaffens war ihnen vorenthalten, sie konnten nur die Erscheinung verändern.

Ein großer Nagel steckte in der Brust des Körperstumpfes. Zwischen Eisen und Fleisch klemmte ein zerrissener Zettel. Libero las den Text darauf laut vor: „Es endet wo es begonnen hat – vereint im Zentrum." Keiner wollte es aussprechen. Da Johannes aber kaltblütig ermordet wurde, mussten die Diener des Nichts kein Interesse mehr am Gleichgewicht haben. Es hatte mit dem Verschwinden von Chulios Vater begonnen. Und mit Phils Verbannung hatten sie ihr Ende heraufbeschworen. Das ultimative Böse war zurückgekehrt und sie erkannten ihren Fehler. Sie mussten sich ihm und seiner Gefolgschaft stellen. Doch dazu brauchten sie Verstärkung. Chulio machte kehrt und diktierte den Zwillingen Befehle. Dann zogen sie sich zurück. Die Sturmwolken wichen nun keinem Licht mehr. Es blieb dunkel und der düstere Himmel prophezeite das Ende der Welt.

UND HÖLLE

Im Zentrum der Zwischenwelt stand das höchste Gebäude der Dimension. Wie Licht oder warmes Blut Fliegen anzog, trafen dort alle Verstorbenen aufeinander. Sie sollten ein persönliches Trugbild antreffen, um ihr unentschiedenes Schicksal zu bestimmen. Meistens überwog die naheliegende Illusion, dass sie in einer neuen Stadt wohnten, ihr altes Leben hinter sich gelassen hatten und einen Neuanfang, ohne Schulterblicke, wagten. Heute sammelten sich apokalyptische Wetterphänomene um die Gebäudespitze und die illusionshafte Fassade begann zu bröckeln. Die Diener des Nichts hatten sich zusammengefunden, um eine neue Ära einzuläuten.

Es waren fünf. Die Meisten trugen lange, schwarze Mäntel und tiefe Kapuzen. Es gab nur eine Ausnahme. Ein etwas hellerer, brauner Trenchcoat stach heraus. Auf dem Kopf trug diese Person einen veralteten Gangsterhut. Es war Lars, der wie Silvia und die restlichen Diener an Phils Seite zurückgekehrt war. Er war Phil immer treu und untergeben, hatte sogar immer ein Auge auf John geworfen und den heutigen Tag sehnlichst erwartet. Die Diener drängten gegen die Illusionen der Hüter und versuchten ihr wahres Ich zu zeigen. Die Illusion kippte immer wieder, es reichte aber, um die Toten weiterhin zu betrügen. Sie standen vor dem Wolkenkratzer, wo alles seinen Anfang hatte – vor dessen Portalen sie zum ersten Mal ihr Schicksal anerkannt hatten. Es war früher Morgen. Große Hagelkörner schmetterten auf sie herab, als ob sich das Wetter gegen jede Art von Besuchern wehrte. Das Eis zerbeulte ihre Mäntel, Wind drängte sie zurück, dennoch erreichten die Diener das Gebäude unversehrt.

Der Rezeptionist bat um die Anmeldung der beiden fremden Besucher, die Gesichter von Silvia, Lars und Phil kannte er. „Lars, äh Herr Weiser … Chulio erwartet Sie, aber …" Sie liefen ungehindert an ihm vorbei. Aber Lars drehte sich um und sah unter dem tiefgezogenen Hut empor. Der Rezeptionist traute seinen Augen nicht. Die Haut schälte sich, weiße

Knochenäste wuchsen quer durch das Gesicht. Die Augen wurden zuerst schwarz, dann weiß. Nichts war in dem Wechselspiel zu erkennen. Sein Mund verzog sich zu einem unnatürlich großen Maul. John war der Wahrheit schon einmal so nahe gewesen.

Dämonische Laute erklangen: „Sieh mich an. Merke dir mein Gesicht für die Ewigkeit." Der Rezeptionist taumelte zurück. Für einen Rückzug war es aber zu spät. Lars legte seine Hände um den Kopf des Mannes und drehte diesen ruckartig zur Seite. Sein Kopf drehte sich um 180 Grad, knackste und sein Leib fiel mit gebrochenem Genick zu Boden. Dann widmete sich Lars, wie seine unbehelligten Kameraden, dem Aufzug. Das Gefährt hieß sie Willkommen und öffnete seine Pforten. Sie quetschten sich zu fünft hinein. Phil drückte auf den Knopf zum 20. Stockwerk, welches John nie betreten hatte. Auch der Knopf erschien zum aller ersten Mal.

Der Aufzug bewegte sich träge. Im Hintergrund trällerte eine fröhliche Melodie. Dann stoppte der Aufzug im 11. Stock. Zwei junge Inder standen davor. Zuerst wollten sie nicht dazu steigen, dann bat sie Phil jedoch herein und winkte ihnen zu. „Hier ist noch genug Platz." Sie quetschten sich stumm zwischen die dunklen Gestalten. Jeder stand neben jedem, die Obergrenze der maximalen Personenanzahl war erreicht und es wurde stickiger. Neben sich konnte man den Atem zweier anderer spüren und riechen. „Müsst wohl auch in den 20. Stock." Phil lächelte die Inder an. Diese nickten fromm. Dann hob Phil seine Hand und gab das Gemetzel mit einem Wink frei. Plötzlich wurden die jungen Männer von Dämonen in Stücke gerissen. Phil wischte sich den blutverschmierten Mund am Ärmel ab. „Narren – jedem wird das geboten, an was er glaubt, was er nach dem Tod erwartet. Und diese Inder springen durch unser Portal und besetzen Kühe – lächerlich. Aber der Fall auf die Erde ist kein Zuckerschlecken, das kann ich euch sagen." Das Licht legte sich auf die zwanzigste Ziffer und die Stahltore öffneten sich. Die Diener des Nichts traten aus und hinterließen ein Blutbad, in dem sie die ersten Inder ins Nichts geschickt hatten.

Vor ihnen stand Chulio – nur Chulio. Er stand am Ende eines Ganges in einem offenen, runden Raum mit drei farbigen Türen – Blau, Weiß und Schwarz. Der Raum war ein Teil der trughaften Klinik, dessen Erscheinungsbild Chulio für John gesät hatte. Durch die Anwesenheit der Diener wechselte die Erscheinung jedoch zwischen weißen, sterilen Wänden und schwarzen, heruntergekommenen Wänden, ähnlich wie es ihre Gestalten abwechselnd taten. In der zweiten Phase bestand Chulio aus nichts weiter als reinem Licht. Und die Türen wichen leuchtenden Portalen – Erde, Sein und Nichts.

Die Diener schlenderten durch den Gang und stellten sich vor Chulio nebeneinander auf. Dieser trug in seiner vorgegebenen Gestalt den weißen Anzug, den er immer bevorzugt hatte, obwohl er John das letzte Mal einen Kittel präsentiert hatte. Fünf dunkle Gestalten umzingelten nun eine helle. Phil stand in der Mitte und ergriff als Erster das Wort: „Du bist allein? Verstecken sich deine wertlosen Freunde etwa? Sie sind Feiglinge!" Phil spuckte vor Chulios Füße und fuhr anschließend fort: „Allerdings sind sie wohl klüger als du." Chulio blieb unbeeindruckt. Zorn und Mut sprachen aus seiner aufrichtigen Körperhaltung. „Silvia, komm zu mir." Chulio griff nach dem letzten Strohhalm, Silvia regte sich aber nicht. Dann bot er seinen Feinden eine vernichtende Ansage: „Ich nehme es mit allen Unheilbringern auf, egal wie viele vor mir stehen. Ich habe die Meisten von euch überdauert, einst waren wir viele. Und die Meisten von uns waren rein, die Meisten von euch sind wertlose Mischlinge." Er sah Lars an. Silvia war älter, sein stärkstes Gegenüber war jedoch Phil, der Beppe und Libero mit einem Wimpernschlag zerfetzt hätte. Chulio legte nach: „Ihr seid nur scheiß Lutscher, die für etwas stehen, vor dem sie sich selbst fürchten und dem sie mit ihrer bloßen Existenz widersprechen. Ich werde euch verfickt nochmal erledigen." Seine spanische Zunge empörte seine Gegenüber, die sofort ihre Beherrschung verloren. Der Kampf begann.

Die zwei Diener ohne Namen – unwichtige Nebenrollen, die nach fünf Minuten sterben – stürmten zuerst nach vorn.

Dann überraschte sie eine Welle aus Licht. Der Impuls ging von Chulios strahlender Gestalt aus und zerschmetterte das Trugbild. Licht umgab sie und die Dämonen wurden geblendet. Ihre wahre Gestalt blieb nun kontinuierlich bestehen. Allerdings mussten sie ihre Blicke kurz abwenden. Phil erlangte sein Augenlicht als Erster wieder. Ihm folgten Lars und Silvia. Chulio stand zwischen den anderen Dienern. Seine Lichtsäule ließ Schemen seiner menschlichen Gestalt durchdringen. Den beiden Dienern fehlten die Köpfe. Blut spritzte aus ihren aufgerissenen Hälsen. Dann fielen ihre Körper zur Seite. Chulio hielt zwei dünne Schwerter in den Händen, auf denen lichterfüllte Flammen tanzten. Phil, Silvia und Lars sahen sich gegenseitig in die dämonischen Fratzen. Dann rannten sie ebenfalls auf das Licht zu. Chulio ließ seine kosmischen Schwerter in zwei lichtförmige Scheiden wandern und zückte einen großen und einen kleinen Revolver. Er feuerte die großkalibrigen Waffen gleichzeitig ab. Goldgelb leuchtende Kugeln schossen aus den großen Mündungen.

Phil blieb stehen und klatschte in die Hände. Das Licht wich fürchterlicher Dunkelheit und nur noch das Mündungsfeuer und Chulio selbst erhellten den Raum stellenweise. Die Dämonen krabbelten die Wände hoch und umzingelten Chulio. Dieser horchte auf die Bewegungen des Feindes. Seine Kugeln erhellten ihr Gebiet ebenfalls kurz, waren aber zu langsam und trafen die Wände dicht hinter den schnellenden Ungetümen, die sich immer wieder verzogen. Sein Licht kämpfte weiterhin gegen die Dunkelheit an. Er steckte den kleinen Revolver in einen Halfter neben der rechten Scheide. Dann streckte Chulio seine Hand aus und schickte eine Salve Licht durch den runden Raum in Richtung des langen Ganges. Sie traf auf ein Hindernis. Phil stand immer noch an der selben Stelle und hielt mit beiden blutrot gefärbten Händen dagegen. Sein Umhang flatterte nach hinten. Dann erwiderte er den Schub und Schatten verdrängten abwechselnd Chulios Lichtstrahl, der ebenso zu- und abnahm. Phil lächelte. Chulio blieb konzentriert. Hinter ihm erklang ein leises Geräusch. Er stellte sich seitwärts und feuerte mit dem

Revolver hinter sich. Lars hatte sich angeschlichen und rannte nun auf Chulio zu. Die strahlenden Kugeln flogen direkt auf Lars zu, um ihn zu stoppen. Der Dämon hob jedoch seine Arme und quetschte daraus ein Knochengebilde hervor, welches ihn wie ein Schild schützte – eine Gabe aus Jahre lang vollzogener Inzucht von Dämonen. Chulio stellte das Feuer ein und konzentrierte sich zunehmend. Seine Waffe wäre längst leer gewesen, wenn er nicht mit Lichtgebilden schießen würde. Er ließ Lars nahe zu sich kommen und feuerte dann einen gezielten Schuss ab. Dieser traf Lars' Schulter knapp über der Knochendeckung. Eine Lichtexplosion schleuderte den Dämon zurück. Dann ließ Chulio den Revolver fallen, drehte sich um und bot Phil all sein Licht entgegen. Der verzehrende Schatten zog sich langsam zurück. Phils Grinsen wich großer Anstrengung. Er wunderte sich über diese Macht, die in seiner Abwesenheit zugenommen haben musste, während seine abgenommen hatte. Dann berührte das Licht beinahe seine Hände. Im nächsten Moment sprang jedoch Silvia von der Decke. Sie streckte Chulio nieder und stellte einen hochhackigen Schuh auf seine Brust, damit er liegen blieb. Phil zerschmetterte das restliche Licht und ließ den Raum in seinem persönlichen Trugbild erscheinen, in welchem die Wände noch schwärzer und brüchiger als zuvor wirkten.

Chulio blickte an Silvia empor, deren Bleistiftrock Einblicke gewährte, die in ihrer menschlichen Erscheinung schön gewesen wären. In ihrer Dämonengestalt wirkte ihre Haut aber eher wie sprödes, rotes Holz. Und eine unendliche Menge Blut überströmte ihren Körper, trotzte allen Regeln der Gravitation und floss nach oben. Trotzdem sah sie ihn verführerisch an. Sie war das pure Ebenbild einer Dämonenschlampe, auf welche sogar Chulio reingefallen war. Ihr schmales Bein bewies unnatürlich viel Stärke und sie hätte ihn problemlos zermalmen können. Phil näherte sich, während Lars im Hintergrund schmerzerfüllt aufstand. Phil spottete: „Du dämlicher Schelm. Stellst dich alleine einer Überzahl. Sag mir wo deine feigen Freunde sind und wir werden dich schnell töten." Silvia drückte ihren Absatz fester in Chulios Brust. Sein Licht und seine

Stimme zitterten: „Sie … sie sind direkt hinter dir." Und er hatte noch genug Kraft, um die Beleidigung „Pendejo" anzuhängen.

>> Bing. <<

Der zweite Aufzug hatte soeben den 20. Stock erreicht. Beppe und Libero stiegen aus. Die übrigen Diener des Nichts wanden sich zu ihnen um. Sie waren nicht allein gekommen.

„Viola?" Phil war irritiert und blickte wieder auf Chulio herab: „Die Nymphomanin also. Zugegeben, ihr habt euch eine schöne Geschichte für die Schlampe ausgedacht. Und sie ist wirklich gut im Bett." Phil zwinkerte sie an. „Aber was soll das? Soll sie mir noch ein letztes Mal einen blasen?" Phil lachte überlegen. Nun lächelte aber auch der totgeweihte Hüter des Seins: „Dir Schlappschwanz? Nein, nie wieder. Aber sie könnte John zurückholen." Phil stutzte kurz. „Sehr lustig." Dann diktierte er seinen Begleitern Befehle, in dem Wissen, dass Beppe und Libero keine Bedrohung für ihn waren: „Töten wir sie alle."

Viola erschrak. Ein Vorwand hatte sie hergelockt. Nun musste sie mit anhören, wie ihr blutüberströmter Freund sie beleidigte und zum Tode verurteilte. Sie verstand die Welt nicht mehr. Beppe und Libero folgten jedoch dem Plan und benutzten sie als menschliches Schutzschild. Lars stellte sich neben Phil, der Silvia noch etwas zuflüsterte: „Chulio soll noch nicht sterben. Er soll zusehen, wie die letzten ‚heiligen' Lichter erlöschen. Dann darfst du ihn töten." Silvia nickte und ignorierte Chulios durchdringenden Blick. Dann gingen Phil und Lars auf die Neuankömmlinge in dem langen Gang zu. Lars war verletzt, er verschloss seine Wunden jedoch mit gezackten Knochen und ließ ähnliche Auswucherungen zum Angriff über seinen Armen wachsen. Phil ballte seine Faust und sammelte dunkle Energie. Beppe und Libero blieben hinter Viola stehen und ließen die panisch gewordene Frau nicht zurück weichen. Dann schlug Phil mit geballter Macht zu. Er schleuderte einen kolossalen Schattenblitz.

>> „In Deckung!" <<

Chulio schrie entsetzt auf. Die schwarze Attacke teilte sich und verfehlte Viola nur knapp. Allerdings traf der Schatten Beppe und Libero. Beppe starb auf der Stelle. Libero zuckte unter Qualen zusammen, erwiderte den Angriff aber mit einer Woge aus Licht. Phil zerschmetterte diese sofort, konterte und tötete in einem Gegenangriff auch Libero auf der Stelle. Ihre Seelen erloschen in kleinen Lichteruptionen und hinterließen leere Hüllen. Chulio hatte die Kraft des Dieners weit unterschätzt. Er vergoss zwei große Tränen und seufzte leise. Dann holte Lars aus, um Viola mit seinem neuen Knochengebilde aufzuspießen. Dieser Schlag wurde jedoch abgeblockt. Phil hielt seinen Arm fest. „Phil?" „Ich habe es mir anders überlegt. Wir sollten sie bei uns in der Zwischenwelt behalten." Phil ließ den starken Knochenarm los und packte Viola an den Haaren, um sie durch den Gang neben Chulio zu zerren. Dort ging sie in die Knie. Phil wandte sich an sein Opfer: „Willkommen im Fegefeuer, meine Liebe. Hier erwarten dich ewige Qualen. Ich habe unsere Zeit wirklich genossen. Das Kuscheln werden wir ab sofort aber lassen. Keine Sorge, wir fangen langsam an. Vielleicht führen wir dir zunächst ein paar Sägeblätter ein und sehen, was passiert. Immer mal wieder was Neues im Bett, ganz dein Geschmack, oder nicht?" Phil gestikulierte und mimte wie in einer Werbesendung. Viola fing an zu weinen. Darauf entgegnete ihr Phil nur eines: „Das dachte ich mir." Lars grinste ihn an und deutete damit an, dass er diese Aufgabe gerne übernehmen wollte. Dann gab Phil Silvia den Befehl, Chulio umzubringen, der hoffnungslos seine Augen schloss. Er hatte alles auf diesen Plan gesetzt.

Es folgte ein gewaltiger Schlag. Chulio hatte aber nichts davon gespürt. Er öffnete seine Augen. Silvia wurde an die Wand geschleudert und war bewusstlos. Über ihm kam Phil ins Straucheln. Lars ging auf ihn zu. Auch er wurde an die Wand geschleudert und war sofort bewusstlos. Phil hatte um sich geschlagen. Dann schüttelte er sich. Chulio sprach ihn an: „John, Junge?" Dann wurde ihm eine helfende Hand gereicht. „Niemand quält oder vergewaltigt meine Kleine. Niemand!" John hatte seinen Körper zurück. Licht und Hoffnung verbreiteten sich wie ein loderndes Feuer.

FEGEFEUER

Während der Hüter des Seins Lars und Silvia vor den Portalen zusammenschob, beugte sich John zu Viola herunter. Sie kniete noch immer auf dem Boden, nur flossen keine Tränen mehr. Diese waren einem leeren, verstörten Blick gewichen. Violas feuchte Augen blickten ins Nichts. John suchte die richtigen Worte und sah ihr dabei in die Augen, in der Hoffnung, ihre ungeteilte Aufmerksamkeit zu erringen. „Das Alles tut mir so leid." Viola regte sich nicht, zuckte oder blinzelte nicht einmal. Ebenso wie John ratlos neben Viola kniete, dachte Chulio über das Schicksal der Diener des Nichts nach. Silvia hatte ihn getäuscht, davon war er nicht überrascht. Sein anderer Plan war aber aufgegangen. Beppe und Libero mussten dafür jedoch mit ihrem Leben bezahlen. Und nun war er allein. Er dachte an das Gleichgewicht – die Prophezeiung, dass das Sein niemals ohne das Nichts besteht und ob dies auch die Hüter und Diener betraf. Sie hatten ewig mit der Annahme gelebt. Hatte Phil tatsächlich vorgehabt, diese Prophezeiung zu brechen? Ihn zu verbannen war nicht von Dauer gewesen und erwies sich als schwerer Fehler. Dann wandte sich John an den letzten Hüter des Seins: „Können wir sie zurück schicken?"

Chulios Blick blieb auf den dämonenhaften Gestalten, deren Erscheinungen er wieder weitgehend vermenschlicht hatte. „Zurück?" Er war in seinen eigenen Gedanken versunken. John stellte sich hin und drehte sich zu Chulio um. „Zurück zur Erde. Das alles hier ist … Dreck. Illusionen …" „Viola muss das selber entscheiden. Das Paradies steht aber für sie offen." John lehnte diesen Vorschlag ab: „Wie könnte eine andere Illusion besser sein? Nachdem ich ihr als Dämon mit Höllenqualen gedroht habe, bezweifle ich, dass sie sich eine Zuckerwattewelt schaffen kann. Sie soll eine zweite Chance bekommen, verdammt nochmal!" Chulio dachte nach. „Alle bekommen das, was sie glauben oder verdienen." „Sieh sie dir an, Chulio. Sie glaubt an nichts mehr. Was hier passiert ist war übernatürlich, so etwas sollte niemanden beeinflussen." John sprach auf einmal sehr weise Worte aus – Worte die Chulio überzeugten. Er akzeptierte Johns Wunsch. „Na gut, Junge. Bring sie zum blauen Portal." Chulio war noch zu schwach, die dunklen Wände und Portale verschwinden zu lassen.

Viola war immer noch erstarrt und blieb mit dem Rücken zum Portal hocken. Dann drehte sich John wieder zu ihr um: „Komm." Natürlich gehorchte sie nicht. Dann streckte John seine Hände nach ihr aus, um sie zu ihrem Glück zu zwingen. Als er sie jedoch berührte, passierte das Unerwartete.

Es wurde Dunkel. Zuerst dachte Chulio, er hätte nur kurz geblinzelt. Die Dunkelheit war nämlich nur von kurzer Dauer gewesen. Dann sah er jedoch John und Viola am Boden liegen. Chulio blieb neben den bewusstlosen Dienern stehen. „Junge?" Dieser kam wieder zu Bewusstsein. Seine Haare standen – wie von einem Stromschlag getroffen – zu Berge. Er rappelte sich wieder auf. „Mir geht's gut." „Was war das eben?" „Ich habe keinen Schimmer." Viola lag auf der Seite, ihren Kopf zwischen ihren Armen vergraben. John robbte sofort zu ihr. Dann konnte er sie kichern hören.

John drehte Violas Körper und blickte in ihre veränderten Augen. „Oh, Johnny." Er wich zurück. Mühelos stand Viola auf. Ihr nussbraunes, kurzes Haar hing in ihr Gesicht. Dieses färbte sich dunkelrot. Es wurde von Blut getränkt. Die kräftige Farbe umschmeichelte ihre farblos gewordenen Augen. Chulio erstarrte. „Das ist nicht möglich." John strauchelte rückwärts neben Chulio. Er brüllte die Frau an: „Lass sie gehen!"

Phil hatte von ihrem Körper Besitz ergriffen. Langsam lief seine neue, weibliche Hülle auf John und Chulio zu. „Das ist deine Schuld John. Du hattest einen überraschend widerspenstigen Geist und das, obwohl ich dich seit deiner Kindheit beeinflusse. Viola wäre stark genug gewesen. Aber ihr habt sie gebrochen. Danke." Er zwang Violas Gesicht ein Lächeln auf. Das Eine führte zum Anderen. Unterschiedliche Arten der Angst ergriffen John und Chulio. Chulio zog seinen kleinen Revolver. Er schoss sofort. Aber John hatte seinen Arm abgeblockt.

Das großkalibrige Lichtgeschoss flog weit daneben. Dann entriss John Chulio die Waffe. „Bist du verrückt?" Aus Johns Mund klang dieser Vorwurf in jeder Hinsicht fehlplatziert. „Junge, das ist nicht mehr deine Freundin." Phil streckte bereits die erste Hand von Viola nach ihnen aus. Chulio ergriff seine letzte Chance. Er packte John und flüsterte ihm wenige Worte ins Ohr. Phil bewegte sich nun schneller, musste sich aber immer noch an den neuen Körper gewöhnen. Die zweite Hand des Dämons richtete sich auf die Beiden. Phil schnellte auf sie zu. Chulio reagierte und stieß John in das blaue Portal – John verschwand.

„Nein!" Der besessene Frauenkörper schrie auf. Dann packte er Chulio. Seine Stimme gewöhnte sich noch an die weibliche Stimmlage. Phil sagte nichts weiter. Er hob Chulio an seinem Hals empor und sah ihm tief in die Augen. Dann trat Phil die umliegenden Dämonen kräftig in die Rippen. Sie kamen langsam zu sich. Lars stand auf und erkannte Phil in seinem neuen Leib sofort. „John ist entkommen, verfolge ihn." Lars verstand ihn nicht. Dann wies Phil mit seiner zweiten Hand auf das Portal und schrie mit dämonischer Lautstärke: „Geh!" Kurz darauf verschwand auch Lars in dem Portal. Und Chulio rang unter Phils Griff immer noch nach Luft. Er hustete wenige anstrengende Wörter: „Fick dich. Du zerstörst das Gleichgewicht. Alles wird untergehen." Phil hielt Chulio noch höher und presste ihn an die Wand. Dann trat er Silvia erneut. Diese kam ebenfalls zu sich. Phils neues Gesicht grinste immer breiter. Das letzte was Chulio sah, waren Silvias irritierte Augen. Dann erlosch auch dieses Licht.

Während Silvia wieder vollständig zu sich kam, spielte Phil an seinem neuen Frauenkörper herum. Kurz freute er sich, dann vermisste er aber einen wesentlichen Teil. Als Silvia von selbst aufgestanden war, verglich er kurz ihre Brüste, klatschte ihr auf den Hintern und gab ihr einen feierlichen Befehl: „Bring mir den fetten Koch, er soll die Inder malträtieren und Currygeschnetzeltes machen. Dann soll er eine würzige Bratensauce vorbereiten und sich selbst in Öl frittieren … Das Fegefeuer beginnt mit einem Festmahl!" Phils neuer Leib hob die Hände. Auf einmal erkannten die Verstorbenen ihre wahre Gestalt und durchlebten ihren Tod in ihren Köpfen erneut. Dann fingen die Wände an zu brennen, das Unheil verbreitete sich und die Zwischenwelt ging in Flammen auf.

Akt 3

Ich möchte in einer Krypta begraben werden,
der Leichnam soll mumifiziert werden
und die Tür soll nur von außen verschlossen sein.
Glaube ich an alles oder nichts?

TRAUM

Universen – Galaxien – Sterne – Planeten – Kontinente – Länder – Städte – Häuser – Bäume – Krypten? Der Boden bebte. Eine riesige Staubwolke breitete sich wie ein grauer Tsunami aus. Der alte Friedhofswärter war nicht mehr zu sehen. Ein ungesundes, nach Luft ringendes Husten war zu hören. Dann verebbten die dreckigen Luftpartikel und der Mann sah schockiert zur Quelle des Übels. Es war eine Krypta. Sie musste von einem abgestürzten Himmelskörper getroffen worden sein. Zumindest hatte der Friedhofswärter einen Kometen oder Ähnliches im Verdacht. Dieser wurde aber sofort widerlegt, da alles unversehrt geblieben war. Langsam näherte er sich dem steinernen Grab. Er tastete über die Innschrift und den Namen neben der massiven Steintür. Er ging auf den verschlossenen Eingang zu. Plötzlich explodierte das Gestein und verschüttete den alten Mann. Mühsam konnte er sich von der Last befreien. Doch dann raste sein Herz und auf einmal stand es still. Er hatte eine gottverdammte Mumie gesehen!

Scheiße, dachte sich John. Nachdem er eine unsagbar lange Zeit gefallen war, schlug seine Seele hier auf – landete mit einem Knall in seinem mumifizierten Leichnam. Phil hatte die Idee gehabt. Nun wusste John auch, wieso. Sollte Phil erneut aus der Zwischenwelt verbannt werden, hätte hier ein seelenloser, erhaltener Leib auf ihn gewartet. Die meisten ausgewachsenen Seelen waren zu stark und ein Kind kostete Zeit und Mühe.

Doch nun war John dieses Begräbnis zu Gute gekommen. Er öffnete seine Augen und stellte fest, dass er eine verfickte Mumie war. Noch leicht benommen torkelte er zum Ausgang der Krypta. John war wütend. Also schlug er gegen den Stein. Von seiner neuen Kraft überrascht, brach die Steintür auseinander. Das Licht blendete ihn. Es war echtes Sonnenlicht. Vor ihm war ein alter Mann von Geröll begraben worden. John – die Mumie – wollte ihm gerade aufhelfen, als dessen Leben ihn verließ.

Scheiße, war also sein erster Gedanke. Denn schlagartig fielen ihm Chulios letzten Worte ein: „Rette die Menschenleben, die du genommen hast und komme zurück. Du allein kannst die Zwischenwelt noch retten." Die Zwischenwelt war John allerdings egal – Viola hingegen nicht.

>> 14 Leben. <<

Den Friedhofswärter hatte er nun auch auf dem Gewissen – wenngleich nicht mit Absicht. John ergriff den Entschluss, der Held zu werden, welcher er in seinen Träumen immer sein wollte. Doch zuerst betrachtete er sein Outfit. *So geht das nicht.* Entschlossen verließ er seine Grabstätte und ließ den Schutt, die Leiche und einen kleinen, Silber glänzenden Gegenstand hinter sich. Der kleine Revolver war mit ihm gereist. John hatte aber weder einen Gedanken an diesen verschwendet, noch Gebrauch für ihn gehabt. Polizei und Presse würden sich auf dieses Schauspiel wie gierige Geier auf ihr Aas stürzen.

Der Friedhof lag weit abseits der Stadt. Die Sonne schien, das Gras und die Bäume grünten, es musste Sommer sein. Auf den Straßen war wenig los. Die Leute, die sich trotzdem raus trauten, bestaunten von Zeit zu Zeit den neuen Sherif. Zumindest fühlte sich John so. Auch wenn die Fremden eher die Mumie selbst als ihren seltsamen Gang bestaunten. Somit beschloss John, im ersten Laden zu verschwinden und sich einzukleiden. Dieser war ein riesiger Baumarkt.

Eine Weile schlenderte er durch die langen Gänge. Natürlich

hatte er kein Geld. Aber er hatte auch nicht vorgehabt, zu bezahlen. Bei der Schutzkleidung blieb John stehen. Er betrachtete einen weißen Malerkittel. Zufrieden grinste er. Dann schlüpfte er direkt in sein neues Outfit. Er zelebrierte den Beginn seines neuen Ausrüstungsrituals indem er sich in Zeitlupe bewegte und schmatzende Geräusche zur musikalischen Untermalung von sich gab.

John war neugierig. War noch alles an ihm dran? Unversehrt? Dieser Gedanke bezog sich auf seinen wertvollsten Begleiter. Nachdem er in die Hosenbeine geschlüpft war, sah er nach links und rechts. Er löste die Bandagen um seiner Hüfte. Gleichzeitig näherte sich ein Kunde dem Gang. Er erstarrte vor Schreck. Zwischen Malerkleidung und Pinseln spielte eine Mumie an ihrem Penis herum und ließ ihn fröhlich im Kreis rotieren. Hände an Beinkleid und Penis liegend, erwiderte John den Blick ebenfalls regungslos. Er wollte eben einen Schritt nach hinten machen, da verfing sich der neu gebackene Held in den Hosenbeinen und fiel vornüber auf den harten Boden. „Verdammte …" John hob den Kopf. „Verschwinde!" Der Mann tat es einem luftigen Furz gleich und verpuffte. Wenngleich Johns Penis unversehrt und funktionsfähig schien, hätte dieser Sturz den Zustand ändern können. Doch John hatte Glück gehabt. Seine Fixierung kostete ihn allerdings einen peinlichen Auftritt. Es war Zeit, erwachsen zu werden … Aber nicht für ihn. Er stand auf und tätschelte seinen einzigen Freund. „Alles wird wieder gut." Behutsam stecke er die Fleischwurst wieder unter das creme-weiße Band und kleidete sich ganz.

Hose – Ärmel – Reißverschluss – Kapuze – Mundschutz – Einweghandschuhe – Gummistiefel und eine feuerfeste Decke als Cape – alles in Weiß. Sein Emblem bestand aus zwei goldenen Aufklebern mit der Aufschrift: Nr.1. Für den Helden war es nun an der Zeit, die ersten Leben zu retten.

ALPTRAUM

„Ich mag kein Gemüse!" Das kleine Mädchen schrie sich die Kehle wund. Mutter Barbara zitterte vor Angst am ganzen Körper. „T-tut mir l-leid, mein Liebling." „Sollte es auch. Bring mir Fleisch. Sofort!" Barbara rannte zurück in die Küche. Vater Oliver sah vorsichtig von seinem Essen hoch zu seiner kleinen Tochter. Sie merkte dies und sah ihn wütend an. „Habe ich dir erlaubt mich anzusehen?" Sofort senkte Oliver seinen Blick und versuchte sich zu entschuldingen: „Meli, Schatz, ich ..." Melanie erhob sich erzürnt von ihrem Kinderstuhl und warf den Teller Broccoli an die Wand hinter ihrem Vater. „Wie hast du mich genannt?" Barbara traute sich nicht mehr aus der Küche. Auch der Vater des kleinen, rothaarigen Mädchens zitterte nun am ganzen Leib. „Bitte tu mir nichts." „Du hast schon genug gelitten." Melanie deutete auf das zerfetzte Auge ihres Vaters, die verwüstete Einrichtung und das blutverschmierte Sonntagsgeschirr. „Aber deine Tochter können wir noch ein wenig quälen." Knochenauswüchse ragten auf einmal aus Schulterblättern, Armen und der Wirbelsäule. Das Mädchen schrie fürchterlich. „Lass sie in Ruhe!" Der Vater schrie gegen die Schmerzensrufe seiner Tochter an. Doch daraufhin lachte das Mädchen nur. „Wie ist mein Name?" Oliver schwieg, Tränen standen in seinen Augen. Dann kam Barbara mit einem Teller Mett. „Lars. Dein Name ist Lars." „So ist's brav." Der Fernseher lief. Die Nachrichten kamen. Berichtet wurde von Mord und Totschlag, Hunger und Krieg und einem besonderen Ereignis. Eine Leiche soll wieder auferstanden sein. Während die Moderatorin von Gerüchten wie Leichenschändung und Grabräubern einer Krypta berichtete, schnappte das kleine Mädchen die einzigen beiden, stichhaltigen Informationen auf – Name und Ort. Zufrieden biss sie in ihr Fleisch. Mit vollem, offen kauendem Mund wandte sie sich an die junge Familie: „Wir fliegen nach Cobh." Sie schmatze. Rote Reste hingen zwischen den Zähnen und fielen teilweise wieder zurück auf den Teller. Vater und Mutter waren immer noch starr vor Angst. Ihren nächsten Familienurlaub würden sie in Irland verbringen.

REALITÄT

„Langweilig!" Aus alter Gewohnheit sprach John zu sich selbst. Seit Tagen lief er durch die Straßen und Gassen von Cobh – seiner Heimatstadt. Und es passierte nichts. Unzählige, bunte Häuschen kreuzten Johns Weg. Angler, Hafenarbeiter und Barmänner gingen ihren Tätigkeiten nach. In einem Land voller Bars und lustigen Feierabenden integrierte sich sogar eine kostümierte Mumie schnell und wurde nach wenigen Tagen schon als Dorfsäufer oder verrückter Obdachloser abgestempelt. Die Verkleidung erfüllte ihren Zweck. Niemand erkannte ihn oder seine untote Abstammung. Tatsächlich musste John nichts essen oder trinken. Appetit und den bekannten irischen Bierdurst hatte er trotzdem. Selbst Alkohol hatte aber keine Wirkung mehr. „Langweilig ..." Seine alte Heimatwelt entsprach so gar nicht der bunten Comicwelt aus Johns Kopf. Es stand weder jedes zweite Haus in Flammen, noch waren permanent Jungfrauen in Not oder es wurden Banken ausgeraubt und Geiseln genommen. „Willkommen in der Realität." John war verzweifelt. Wie sollte er sein Ziel auf diese Weise je erreichen? Er konnte nicht einmal reisen. John Stephom war tot, zumindest für das System. Also war John im idyllischen, zumeist ruhigen Irland gefangen. Da Gotham, die Stadt seines elftplatzierten Idols Batman, aber ohnehin nicht erreichbar war, wäre ihm auch kein besserer Ort eingefallen. Er war kein Mann von hoher Bildung oder Erdkunde.

Plötzlich, auf einmal und völlig unerwartet wurde nach einem Helden verlangt. Und Nr. 1 trat zur Tat. Edna Sweeny, eine uralte Lady, musste über die leere Straße gebracht werden. Sie hatte John dazu genötigt. Sie war eine Hexe. John kannte sie von früher. Er ahnte aber nicht, wie nah er mit seiner Einschätzung an der Wahrheit lag. Um ihr Haus machten die Kinder einen weiten Bogen, sie nannten sie die Kräuterhexe. Tatsächlich versuchte die alte Greisin schon jahrelang, Kinder zu vergiften – vergeblich. Die Zutaten für ihr neues Gift hatte sie in den Einkaufstaschen, die John ihr nicht abnahm. Auch eine ungalante

Art konnte einen Menschen im richtigen Kontext sympathisch machen. Weit und breit war kein einziges Auto zu sehen. Grunzend hakte sich die Greisin bei dem Helden ein und im Schneckentempo wurde die gute Tat erfüllt. Nachdem sich die Frau, ohne ein Wort des Dankes, verabschiedete, sank John an einer blauen Häuserwand zu Boden. Dann trödelte ein langsames Auto an ihm vorbei. Ohne ihn hätte es die alte Frau bestimmt überfahren. John seufzte. Nein. Das zählte nicht. Es war so langweilig.

"Zieh dich aus." Sie gehorchte. Der Rock fiel. Die Stöckelschuhe glitten von ihren Knöcheln. Die Bluse öffnete sich. „Das reicht. Jetzt bück dich." Die weiße Bluse hing geöffnet von ihrer Schulter. Sie drehte sich um, spreizte ihre Beine und legte ihre Unterarme auf den Thron. Die andere Frau war ebenfalls fast nackt. Sie streichelte über ihren Busen. Die Nippel waren hart und sie glitt noch tiefer. „Ich könnte mich fast daran gewöhnen. Aber es fehlt etwas."

Phil hatte sich an seinen neuen Frauenkörper fast gewöhnt. Lüstern besorgte er es seiner Lieblings-Mätresse Silvia. Den doppelseitigen Dildo führte er gewaltsam in ihren Dämonenarsch ein. Silvia stöhnte gleichzeitig gequält, gepeinigt und erregt. Dann packte Phil das andere Ende und ließ es in sich gleiten. Das linke Bein stand auf der Armlehne des Throns. Es fühlte sich immer noch merkwürdig, aber trotzdem gut an. Den elastischen Knüppel hielt er in der Mitte fest und rammte das andere Ende immer härter in Silvia, bis sie schrie. „Ich mag es, wenn du schreist." Violas gestohlene Stimme verlieh dem dominanten Part einen unangenehm süßen Klang. Viola hatte diese Worte oft gesprochen, allerdings in einen Hörer. Und die brutalen Sexszenen zwischen ihr, Silvia und anderen Weibern waren nicht annähernd das Schlimmste, was sie, eingeschlossen im eigenen Körper, erleiden musste. Phil experimentierte schon eine Weile mit seinen neuen Geschlechtsteilen und verschiedenen Formen von Schmerzen, die er nicht nur mit Vorliebe zufügte sondern auch gerne selbst willkommen hieß. Die Nippel waren wund, der Körper von Striemen aller Art übersät und denkbar alles, was in Form und Konsistenz passte, fand seinen Weg in den geschundenen Körper rein und meistens wieder heraus. Dabei versuchte er sich an alt bewehrten sowie neu errungenen Körperöffnungen. Aber Phils Fegefeuer hielt für jeden die passenden Qualen bereit.

Silvia erging es unter der Hand des neuen Regenten nicht viel besser. Jeder Stoß ließ sie heißer werden. Ihre Zuschauer applaudierten. An den eingerissenen Wänden hingen blutverschmierte, angebrannte Kadaver an Haken und Seilen. Sie standen an der Schwelle von Leben und Tod. Aber Phil würde sie nie sterben lassen. Niemals. Und dies war nur der Thronsaal. Der Rest der Zwischenwelt sah weitaus schlimmer aus. Die Mienen der Erhängten, Angeketteten und Aufgespießten verzogen sich unendlich tief und gebrochen. Die Konstruktionen brachten sie mechanisch zum Applaudieren. Immer wieder, Stoß um Stoß, Klatschen um Klatschen, ergötzte sich Phil an seinem Werk. Die Illusion war perfekt. Es war die reinste Folter. Jeder Einzelne in der Zwischenwelt hätte den schnellen Tod mit offenen Armen empfangen – ihm sogar Blumen und Pralinen geschenkt. Obgleich die Ewigkeit nun ein Paradies oder die Erlösung durch das Nichts versprach – dieser Ort war das pure Grauen. Phil hatte sein Ziel erreicht.

PROJEKTION

Mittlerweile war Nacht eingekehrt. Ein kräftiges, dunkles Königsblau hüllte die Hälfte der Welt in einen Schleier. Konturen formten dezente Körper. Hier war er nur einer von vielen Flecken im weiten Kosmos. John war an der blau getarnten Fassade des kleinen Häuschens eingeschlafen. Außer der kalten, elementaren Farbe ließ die Dunkelheit nur noch Grautöne gewähren. Die farbenfrohen Häuser wirkten flach und trist. Doch dann mischte sich eine weitere Grundfarbe in die Einsamkeit. Licht brach und orangerot tanzende Reflexe drängten die anderen Farben aus ihren Verstecken. Das Farbenspiel war grandios. Der Anblick wurde jedoch schnell getrübt. Rauchschwaden zogen auf und verschlangen alles.

\>\> Hilfe! \<\<

John schnarchte ein letztes Mal. Obwohl er keinen Schlaf mehr brauchte, war er aus lauter Langeweile eingedöst. Stinkender Qualm kreiste um sein riesiges Riechorgan. Es wurde immer wärmer. Das Haus hinter ihm brannte lichterloh. Die Flammen flackerten in Johns dunklen Pupillen. Ohne zu zögern rannte er auf die Hilferufe zu. Sie waren laut, verzweifelt und kamen direkt aus dem kleinen Haus neben ihm. Mit dämonischen Kräften zerschmetterte John die Tür. Umringt von Flammen, hatte eine kleine Familie Schutz unter einem Tisch gesucht. Teile der Decke stürzten herab. Es wurde immer heißer. Doch John konnte das Feuer nichts anhaben. Einen nach dem Anderen zog er unter seinem feuerfesten Cape nach draußen. Zum ersten Mal bewegte sich der Zähler der geretteten Leben: *1, 2* – die junge Mutter umfasste er ganz ausversehen an der Brust und ließ sich mit ihrer Rettung zufällig etwas mehr Zeit – *3, 4* – Großväterchens Geldbörse saß sehr locker. Ebenfalls ausversehen rutschte sie aus seiner Hose und fand ihren Weg in Johns Tasche – *5*. Endlich war es ihm erlaubt, zu subtrahieren. Das kleine 1x1 war ausnahmsweise ein Talent, welches

John bisweilen gut beherrschte, wenngleich seine Rechenkünste bei Punktrechnungen oder höheren Zahlen an ihre Grenzen stießen. Zum Glück beschränkten sich die Anforderungen aber auf die Todeszahl 14 und alle Zahlen darunter. *13, 12 – Mh, Brüste – 11, 10 – Mh, Geld – 9.* Die ganze Familie war in Sicherheit. John war seinem Ziel endlich näher gekommen.

Kurz bevor die Feuerwehr eintraf, die Familie sich bedanken konnte oder die Mutter wieder zu sich kam, verschwand der geheimnisvolle Held in einer Gasse. Da es sich jedoch um eine Sackgasse handelte, drehte er schnell wieder um und rannte wie ein verrückter, holzbeiniger Pirat die Straße entlang. Sein ulkiger Gang hatte seinen Ursprung bei den Glücksgefühlen, die John dank dieser Katastrophe versprühte. Doch er war nicht der Einzige, der dieses Desaster nicht als solches, sondern als einen Segen nahm.

Bis zum nächsten Morgen verharrte er vor einem niedlichen, kleinen Pub. Das musste gefeiert werden. Etwas anderes konnte er ohnehin nicht machen. Und vielleicht konnte er den Einen oder Anderen vor einer Alkoholvergiftung, Ersticken wegen Verschlucken oder einer lebensgefährlichen Auseinandersetzung retten. „Eine Runde auf mich!" Am späten Vormittag waren wenige, seltsame Gestalten anwesend. Mit milder Begeisterung huldigten sie ihrem Spender. John freute sich auf ein frisches, irisches Bier.

Doch Plötzlich fing die Schaumkrone an, zu vibrieren. Die goldene Flüssigkeit zitterte in dem großen Glas wie gelbe Götterspeise. Tische und Stühle polterten leise – dann immer lauter.

Auf einmal preschte ein LKW in die Bar. Das monströse Fahrerhaus zertrümmerte die dünne Holzwand, zermalmte Teile der rustikalen Einrichtung, streifte dabei zwei Gäste und hielt direkt auf John zu. *Scheiße* – wieder der selbe Gedanke. Im nächsten Moment zierte der Held die Haube als weiße Kühlerfigur. Und erst nach dem Aufprall an der nächsten Wand stoppte der gestrandete LKW. Staub mischte sich zu dem gesetzten Zigarettenqualm und verdickte den stickigen Raum. Hier und

da ertönte ein gequältes Husten.
Völlig unerwartet grub sich eine Hand zwischen Geröll und verbogenem Metall in Freiheit. John wäre platt wie eine Flunder gewesen – aber er lebte. Und er war unversehrt. Sein alter Körper war nun äußerst robust. Nur das Kostüm litt hier und da unter Verbrennungen oder Rissen. Und am Hintern klaffte ein gigantisches Loch, welches unter dem Cape unangenehm tiefe Einblicke bot. John merkte spät, dass die Kühlerhaube entflammt war. Doch als er es sah, fiel ihm auch die klare Flüssigkeit auf, die aus dem zerbeulten Tank lief. „Nr.1 rettet euch!", rief er den orientierungslosen Gästen zu. Er liebte den Heldennamen, den er sich selbst gegeben hatte. Und er musste seinen Namen hinausposaunen. Denn die billigen Sticker auf seiner Brust (die golden umrandeten, weiß gesetzten Aufschriften „Nr." und „1") lösten sich langsam und waren von weitem nicht mehr zu erkennen. Mit erhobener Rechten stürmte er voran. Fliegen konnte er noch nicht. Aber er packte zwei stämmige, beharrte Männer gleichzeitig und zog sie aus der Gefahrenzone – weniger vorsichtig als die zierliche Familie vom Vortag. Zwei weitere Bären von Mann bahnten sich den Weg mit eigenen Kräften hinaus. Schade. Der Barmann steckte allerdings fest und musste ebenfalls gerettet werden. *1, 2, 3. 8, 7, 6.* Er schmiss den Mann gerade auf den gepflasterten Boden, als eine gewaltige Explosion folgte. Eine Person hatte John vergessen, den Fahrer. *Ups* – nach kurzem Achselzucken kam er sogleich darüber hinweg. Mit großen Glubschaugen bewunderte John das Schauspiel vollkommen gebannt. „Wow." So lang hatte er einen begeisterten Laut noch nie gezogen. *Oh, Johnny.*
Es blieb dem Helden keine Verschnaufspause. Am Dach des gegenüberliegenden Gebäudes hing eine Frau und rief – nein schrie nach Hilfe. „Was ist hier nur los?" John ohrfeigte sich selbst, sah sich ganz genau um und zwickte in seinen Schritt. Er träumte nicht. Die Frau rutschte ab. Nur noch eine Hand bewahrte sie vor dem Todessturz. Der Gang durchs Haus hätte zu lang gedauert. John versuchte sein Glück. Er legte die linke, anschließend die rechte Hand an die Wand. Mit den Füßen

hopste er gleichzeitig nach oben. Sie hafteten an dem Mauerwerk. Die Gravitation schien für ihn keine Rolle zu spielen. Gleichzeitig dankte er seinen Comics und der Vorliebe zu schlechten Horrorfilmen für diesen Einfall. Wie ein tollpatschiges Baby krabbelte er senkrecht hinauf und trotzte weiterhin allen Gesetzen der Schwerkraft. „Itsy bitsy spider, spider itsy bits." Der Held sang und erfreute sich an jeder neuen Kraft, die sein Mumiendasein mit sich brachte. Später würde er versuchen, seinen Kopf um 180 Grad zu drehen.

Er hielt inne. John wurde überrumpelt. Die verbliebene Hand, mit welcher sich die Frau eben noch halten konnte, rutschte ab. Sie stürzte in die Tiefe – dem sicheren Tode entgegen. John riskierte alles. Mit den Händen stieß er sich ab und erwartete den fallenden Körper mit offenen Armen. Seine Füße hafteten weiterhin an der Wand und sein Leib lag parallel zum Erdboden in der Luft. Die Frau rutschte an ihm vorbei, entglitt ihm aber nicht völlig. Eine Hand konnte er greifen. Diese war nass. Der Schweiß drohte ihr zum Verhängnis zu werden. Aber Nr.1 hielt sie fest – die Drüsen der, von Todesangst gequälten Seele, waren kein Gegner für ihn. Das goldene Emblem funkelte die Frau an. Ihre Emotionen machten eine Kehrtwendung und sie verliebte sich auf den ersten Blick. John schloss sie in seine dünnen, trotzdem endlos starken Arme und trug sie hinab. Bis zum rettenden Grund ließ sie nicht von ihm ab. In Sicherheit gewogen, ließ sich die Frau nicht einfach absetzen und drückte sich stattdessen noch fester an John. „Mein Held." Sie klimperte mit ihren Wimpern. „Sorry, Schätzchen. Bin vergeben." Er löste sich aus ihrer Umklammerung und rannte wieder davon. „Das ist Nr.1!", grölte die bekloppte Frau in die Welt hinaus. Und beinahe flog sie, von Begeisterung überwältigt, in Ohnmacht. *1*. Es mussten nur noch fünf Leben gerettet werden.

Am Hafen zog Rauch auf. Die Stadt musste angegriffen werden. Jemand oder etwas hatte es vielleicht auf John abgesehen. Er wusste nicht, was vor sich ging. Und dieses eine Mal konnte er es tatsächlich nicht wissen. Die Straßen waren leer. John beeilte sich. Er näherte sich einem kleinen Geschöpf. Es kniete ganz allein in einer Ecke und weinte. Wenn das laute Schluchzen nicht gewesen wäre, hätte John es gar nicht gesehen. Trotzdem rannte er einfach vorbei. Er musste Leben retten und keine Sympathie-Punkte bei irgendwelchen Zuschauern, Bürgern oder Fans sammeln.

„John Stephom!", kreischte das kleine Mädchen hinter ihm plötzlich. Und auf einmal hatte es seine volle Aufmerksamkeit. Also drehte er sich langsam wieder um. Das kleine Mädchen stand mitten auf der Straße. Es war nicht mehr traurig, sondern wütend und ballte die zierlichen Fäuste. Das rote Haar wehte wallend im Wind. „Ein kleines Kind braucht Ihre Hilfe und Sie rennen einfach daran vorbei. Phil hatte recht, Sie sind durchgeknallt – durchtriebener als jeder Hüter oder Diener." John sah das Mädchen komplett perplex an. Bei dem Versuch, klare Schlüsse zu ziehen, fing er beinahe an zu sabbern. Bevor der Speichel jedoch aus seinem aufgezogenen Mundwinkel tropfte, half ihm das Mädchen auf die Sprünge: „Lars. Ich bin Lars." Das Mädchen fasste sich frustriert an die Stirn und schüttelte den Kopf. „Sie sind eine Nummer für sich." John gefiel diese Vorlage und er fand seine ersten Worte: „Nr.1, um genau zu sein." Stolz schlug er sich auf die Brust. Mehr Idiotie konnte Lars nicht ertragen. Sein kurzer Geduldsfaden riss. Das Gesicht des Mädchens färbte sich rot und Augenweiß sowie Pupille vermengten sich zu einem gedrungenen Nebel. Dann stürmte es auf John los. Dieser lachte. „Ein Giftzwerg greift mich an. Was soll ich nur tun?" Überzeugt von seinen neuen Kräften blieb er einfach stehen und spottete weiter. Kurz vor ihrem Aufprall fuhr das Mädchen jedoch unzählige, spitze Knochen aus. „Oh."

>> BAM <<

John hielt sich den Schritt. Das Mädchen war so klein, dass sie mit ihrem Kopf voraus in seine Weichteile gerannt war. Und sie ließ John keine Zeit zur bitter nötigen Erholung. Sie stach ihre rausragenden Knochen in seine Beine und kletterte seinen Körper hinauf. Nur mit großer Mühe konnte John sie nochmal abschütteln. Dann sprang sie auf seinen Rücken und hakte sich zwischen seinen Rippen ein. Wenn John nicht wild fluchend nach der Kleinen geschlagen hätte, wäre das schmerzhafte Unterfangen als ein familiäres Huckepack-Spiel abgestempelt worden. Bevor sie aber seinen Kopf oder sein Herz erreichte, rannte John. Buchstäblich unter bohrenden Schmerzen leidend, erklomm er die nächste Hauswand. Er kletterte mit dem Balg am Rücken hoch genug, um sich anschließend tief fallen zu lassen. Er wollte Lars zerquetschen. Die fremden Knochen in seinem Körper ließen ihn vergessen, dass immer noch ein Kind in dem Körper hauste. Dann schlug John mit dem Rücken voraus auf dem harten Boden auf.

>> PUFF <<

Kleine Risse zogen sich durch den Stein unter John. Ansonsten geschah dort nichts. Kein Blut, kein Lars, kein kleines Mädchen. Sie hatte den Absprung rechtzeitig geschafft. Und bevor John sich wundern konnte, warum er selbst nicht blutete, lief das aggressive Mädchen wieder auf ihn zu. Sie wollte ihn um jeden Preis töten. Und sehr lebendig fühlte sich John auch nicht mehr. Selbst wenn kein Blut aus seinen Wunden tropfte, brannte jede einzelne. Es war nicht der Körperschaden per se, sondern die schnelle Regeneration, die schmerzte. Mit Mühe und Not konnte sich John wieder aufrichten. Er würde nicht nochmal über das Mädchen lachen. Sie war fast da.

>> KRACK <<

John weitete die Augen. Seine Zeit war noch nicht gekommen – nicht nochmal. Das Mädchen hatte einige Knochen im Boden verankert und abrupt gestoppt. „Das ist nicht möglich." Ihre Augen standen weiter offen, als die von John – und das wollte etwas heißen – Johns Augen waren riesig. „Ja, da schauste blöd. Ich steh immer wieder auf." Doch Lars beachtete ihn gar nicht. „Hallo?" John musste sich bei jeder einzelnen Bewegung enorm anstrengen. Dann hatte er aber die Rechte erhoben und wischte Lars durch sein Sichtfeld. Daraufhin schüttelte sich das kleine Mädchen und fing an, mit kurzen Schritten rückwärts zu gehen. „Heute Nacht John Stephom! Heute Nacht kommen Sie zur großen Kathedrale. Und wenn Sie nicht kommen, haben Sie die Eltern der Kleinen auf dem Gewissen." Lars deutete auf seinen gestohlenen Körper. „Und kommen Sie allein!" Das Mädchen drehte sich um und rannte fort. John war niedergeschlagen und verwirrt – zum unzähligsten Male. Er drehte sich und sah sich um. Doch er konnte nur den Rauch erkennen, der immer noch vom Hafen aufstieg. Also spurtete er wieder los – zuerst wie ein tölpelhafter Zombie – dann immer schneller und zu guter Letzt wieder wie ein tollwütiger Kranich. Seine überirdischen Zellen regenerierten sich unnatürlich schnell.

Der Hafen war alt, die Stege Morsch und die Fischerkähne verrostet. Ein kleiner Öltanker war in die anlegenden Schiffe gekracht. Flammenpfade führten von Holz zu Eisen, von Wasser zu Stein. Stetig explodierte ein weiterer Tank oder Kanister. Daran hatte sich John nun satt gesehen. Mit den kurzweiligen Infernos verhielt es sich ähnlich, wie mit Müsli: Wenn man jeden Tag die gleichen Flocken spachtelt, schmecken sie eines Tages nicht mehr.

Der schwarze Rauch verpestete die frische Seeluft. Menschen waren in Gefahr. Und Nr.1 war zur Stelle. Das größte Übel konnte der Held nun nicht mehr bekämpfen, dafür war er zu spät. Sirenen näherten sich. Hier und dort lagen ein paar verkohlte Leichenteile – nicht viele – aber John hätte sie retten können. Dann erklang ein Hilferuf. Sofort stieg John auf das sinkende Schiff. Der Kapitän, ein alter Mann mit dichtem Bartwuchs, hatte zwei Männer seiner Mannschaft aus dem Inneren des zukünftigen Wracks gezogen. Aber weiter, als bis zum Bug war er nicht gekommen. Plötzlich stand eine weiß verkleidete Gestalt vor ihnen. Das Kostüm war zerfetzt. Das aufgeklebte Emblem hing traurig herab und der Gestank war soeben übler geworden. Der skurrile Held half den drei Männern jedoch. Und der Kapitän staunte nicht wenig, als er und die anderen Seemänner zusammen gepackt wurden und Nr.1 sie mit einem Satz vom Schiff in Sicherheit wog. Kurz darauf explodierte die eben noch bemannte Plattform. Der Feuerball ließ John in einem nie dagewesenen Glanz erstrahlen. „Danke", hustete der Kapitän. Und es war dieses Wort sowie die gläsernen Augen des Mannes, die John zum ersten Mal das Gefühl gaben, gut und wichtig zu sein. Er bedauerte sogar die Toten – nicht, weil er so schneller an sein Ziel gekommen wäre – sondern ihretwegen. *1, 2, 3. 4, 3, 2.*

Dort stand er nun. Inmitten von Rauchschwaden, spontanen Feuerblitzen und wenigen verkohlten Leichen. Hätte Lars ihn nicht aufgehalten, hätte er mehr Leben retten können. John ballte seine Fäuste – Lars! Es war seine Schuld. Und womöglich steckte er hinter all dem Chaos. Dafür würde er büßen. Leider hatte er John in ihrem Kampf sehr alt aussehen lassen.

Im Rauch, der sich in Richtung der kleinen Stadt Cobh lichtete, bildete sich eine Silhouette. Dort stand eine Gestalt und beobachtete die Katastrophe. Auf den ersten Blick sah er aus, wie der alte Kapitän. Aber dieser lag mit seinen Männern direkt neben John auf dem gefährlich knackenden Steg. Der Aufprall hatte dem vermodernden Holz sehr zugesetzt. Und hinter ihnen näherte sich die Flammenwand. John stützte die Männer und brachte sie aus der Gefahrenzone. Der geheimnisvolle Mann in der Ferne behielt stetig den gleichen Abstand, obwohl er sich nicht einmal rührte. Bevor Feuerwehr, Notärzte oder Polizei ihm auf die Pelle rücken konnten, beschloss John, der schleierhaften Gestalt auf den Grund zu gehen. Wieder einmal rannte er los – rannte und rannte – ein anderes Tempo kam für ihn nicht mehr in Frage.

Seine Kondition war unermüdlich – er unaufhaltsam. Er kam nicht einmal aus der Puste. Früher war das anders gewesen. Da hatte der Weg zur Haustür gereicht, um ihn wieder erschöpft auf das Sofa zu zwingen. Den fremden Mann erreichte er dennoch nicht.

„Meine Fresse, bleib stehen!", schrie John. Wie auf sein Kommando, verschwand die Erscheinung einfach und wart nicht mehr gesehen. John sah sich um. „Was zum Teufel …"

>> „Weit verfehlt, Junge." <<

John erschrak und kreischte – kurz aber laut – wie ein altes Waschweib. Dann drehte und drehte er sich, bis ihm schwindlig wurde und er den Mann auf einmal direkt vor sich ausmachen konnte. Dieser trug einen braunen Anzug, seine dicke Nase war keine Fingerbreite von der anderen Knolle entfernt. Johns krumme Nase zuckte. Der Mann musste recht alt sein. Zumindest hatte er faltige, dünne Haut. Außerdem zierte ein grauer Schnauzer sein reifes Gesicht. Die gleiche Färbung hatte sein lichtes Haar. Tatsächlich hatte er mit dem Kapitän nur wenig Ähnlichkeit.

„Wer oder was …" „Wer, Junge, wer ist die richtige Frage." John versuchte den nahen Abstand etwas zu erweitern und lief einen Schritt zurück. „Junge? Du nennst mich Junge?" John überkam ein großes Maß an Hoffnung. „Chulio?" „Wieder falsch. Aber es wird wärmer. Chulio ist …", der Mann seufzte. „Chulio war mein Sohn." Doch John verstand es nicht. „Toll, Opa. Und jetzt?" „Junge, du bist genauso ungehalten wie alle sagen." „Wer denn?" Enrico Tremante – seine Freunde und die anderen Hüter des Seins nannten ihn Onkel Rick – klopfte auf seine Jackentasche. In dieser verbarg er den kleinen Revolver seines verstorbenen Sohnes. „Das ist nicht wichtig. Wichtig ist nur, dass du die Leben rettest und das Fegefeuer aufhältst." „Ich werde meine Kleine retten, das steht fest. Aber du bist doch ein Hüterdingsbums – oder ein Engel – wie auch immer. Mach es doch selbst." „Das ist nicht so einfach. Glaub mir, Junge. Ich habe dieses Leben hier gewählt. Und die Wahl ist am Ende das, was entscheidend ist." Enrico verheimlichte John, dass Phil wegen ihm verbannt wurde – zu unrecht. Denn Enrico war freiwillig gegangen. Er wollte leben – und zwar wahrhaftig. Und deshalb hatte er verschwinden müssen. Sein ewiger Rivale war des Mordes beschuldigt worden und war zu dem Monster geworden, welches die anderen in ihm gesehen hatten. Diesen Fehler wollte Enrico nun korrigieren – John musste ihn korrigieren. Der Hoffnungsträger starrte den Hüter an. „Okay, danke fürs Gespräch, Opa." John wollte wieder aufbrechen. Er hatte keine Lust auf die ungeordneten Worte eines alten, verrückten Mannes. Es verhielt sich beinahe so, als würde John in einen verzerrten Spiegel blicken. „Halt, Junge. Ich will dir helfen." „Und wie willst du das tun?" John rollte mit den Augen. „Gewissermaßen habe ich das schon. Wie viele Leben hast du schon gerettet?" Ein riesiger Kippschalter wippte in Johns Kopf, aktivierte seine verschollene Fähigkeit zur Schlussfolgerung. „Das war gar nicht Lars. Das warst alles du. Du bist wahnsinnig – total durchgeknallt." John winkte mit seiner Hand vor seinem Gesicht. In seinem Gebrauch wirkte diese Geste fast lächerlich – zumal er gleichzeitig das Schielen begann. Enrico unterbrach diese Farce: „Warum sollte dieser schändliche Diener dir dabei helfen, zurück in die Zwischenwelt zu kommen? Wenn ich nicht gewesen wäre, hätte er dich sogar umgebracht. Nein, er hätte dich in der Luft zerfetzt." Enricos Autorität und sein Nachdruck legten sich wie ein dunkler Schatten über John. Dann wurde seine tiefe, raue Stimme wieder zart und einfühlsam. „Wie möchtest du die Diener des Nichts überhaupt bezwingen, Junge?"

Eingeschüchtert suchte John nach Sätzen, Worten, irgendetwas, das er in den Mund nehmen konnte – selbst wenn es lediglich ein Schnuller gewesen wäre. Mehrere Male öffnete sich sein Mund, doch es kam nichts heraus. „Das dachte ich mir. Hör mir zu, Junge. Gegen einen Diener des Nichts hast du keine Chance." „Na Prima, du bist eine große Hilfe." „Lass mich ausreden. Du hast Glück. Lars und Phil sind keine reinen Diener mehr. Sie haben ihre wahren Körper verloren und sind auf ihre Wirtskörper angewiesen. Das heißt, du kannst sie austreiben." Johns Vergangenheit nach zu urteilen, erschien ihm das alles höchst ironisch. Sein verworrenes Leben hatte mit einer fehlgeschlagenen Austreibung (der christlichen Sorte) begonnen. John hatte also auch einen Fehler zu korrigieren – selbst, wenn es ausnahmsweise nicht seiner gewesen ist. „Was soll ich tun?"

Nachdem ihm Enrico alle Einzelheiten erklärt hatte, stellte er eine letzte Frage: „Wie viele noch?" „Wie viele was?" „Wie viele Leben musst du noch retten?" „Na zwei." „Dann wäre das entschieden. Du darfst mich übrigens Onkel Rick nennen." Er schüttelte Johns feuchte Hand mit einem festen Griff und verstärkte seine Geste mir der zusätzlichen Linken. „Leb wohl, Junge." Mit einem mächtigen Satz sprang Enrico zurück und krallte sich zwei Passanten. Der Alte zog seinen Revolver und hielt ihn dem Mann an die Schläfe. Die fremde Frau erstarrte vor Schreck. „Du willst mich verarschen, Opa … Rick." Da John nicht reagierte, betätigte Enrico den Abzug und die großkalibrige Kugel ballerte ein monströses Loch in den

Schädel des Fremden. Das Blut ihres Mannes tränkte Haar und Kleidung der hysterisch gewordenen Frau. Dann packte Enrico eben diese. „Wenn ich dich reinlegen wollte, könntest du ihre Leben nicht retten. Du hast drei Sekunden." Er meinte es zweifelsohne todernst. Enrico schloss seine Augen und zählte herunter.

>> „3." <<

Die Zeit lief John davon.

>> „2." <<

Die Zeit für eine Austreibung war zu knapp.

>> „1." <<

Die Zeit war gekommen. Tod teerte den Boden. Der unbekannte Mann würde seinen Frieden im ewigen Sein finden. Ohne das große Loch in seinem Kopf und die riesige Blutlache sah er beinahe friedlich aus. Die andere Leiche blieb unnatürlich verdreht liegen. Auch ihre Seele würde den gewählten Weg beschreiten. Kreischend suchte die Frau ihr Heil in der Flucht. Es hatte Onkel Rick erwischt. John war herangenaht und hatte dessen Kopf zunächst um 180 Grad gedreht – da das Genick aber nicht brechen wollte, musste John Enrico noch einmal in die Augen sehen, bevor er den Kopf wieder und wieder drehte. Dann war der Hüter tot. John hielt mit der Rotation aber erst inne, als er sich vollkommen sicher war und der Frau keine Gefahr mehr drohte. Als John den Schädel losließ, musterten den langgezogenen Hals mehrere Windungen. Dass John auf diese Weise herausfinden würde, wie oft diese Gestalten ihren Kopf drehen konnten, hätte er nie gedacht. Noch im vorigen Moment wollte er es selbst testen.

>> *1* <<

Onkel Rick hatte John zuvor verraten, dass er Leben retten konnte, wenn er dafür das Leben eines Mörders nahm. Vor wenigen Minuten konnte er damit noch nichts anfangen. Doch jetzt war ihm einiges klar. Ein Leben musste er noch retten.

NICHTS

Es war weder Tag noch Nacht. Die Erde drehte sich noch, aber die Wolken verfolgten sie wie graue, fette Blutegel. Das blasse Licht entzog der bunten, fröhlichen Stadt ihren ganzen Charme. John hatte jedes Zeitgefühl verloren. Er griff in seine Taschen. Hoffentlich würde Enricos Geheimwaffe gegen Lars helfen. Der letzte Kampf war mehr als eindeutig ausgefallen. Andererseits würde er ohne den Diener des Nichts wohl Ewigkeiten warten müssen, um das letzte Leben zu retten. Möglicherweise war Onkel Rick deshalb die erste Person gewesen, der John persönlich nachtrauerte. Auf seine Weise hatte er ihm sehr geholfen.

Der neugeborene Held stand vor der großen Kathedrale. Er stieg die Treppen empor und streckte seinen zerzausten Kopf durch die Tore. „Hallo?" Das Wort hallte mehrmals zurück. Die Tore quietschten entsetzlich, dann verschwand John in dem heiligen Gebäude.

>> RUMS <<

Der Eingang war wieder verschlossen. Dem zweiten „Hallo" und dem Schlag der alten Holztore folgte ein weiteres Echo. Kein einziges Licht brannte. Keine einzige Kerze leuchtete. Kein heller Sonnerstrahl, nur trübes Licht schien durch die verzierten Fenster. „John Stephom ohne Anhang. Das lobe ich mir. Treten Sie näher, hier wartet der Tod." Das kleine Mädchen lächelte schief. Lars war aber nicht allein. An zwei großen Holzkonstruktionen hingen die Eltern der Kleinen. Sie waren gekreuzigt worden – die Mutter links, der Vater rechts. Blut quoll aus den Hand- und Fußlöchern, wo dicke, rostige Nägel versenkt waren. Johns Faszination verwandelte sich urplötzlich in Mitgefühl und Hass. Das Blutvergießen sollte an dieser Stelle ein jähes Ende finden.

„Komm her du Inzestmongo. Onkel Rick hat mir alles über dich erzählt. Dein dreckiger Stammbaum von Dämonen und Deppen ist ein Kreis." Johns, oder besser gesagt Enricos Plan, ging auf. Lars war schnell gereizt, gerade wenn es um seine Familie ging und das Gesagte der Wahrheit entsprach. Ganze Bankreihen flogen jetzt auf John zu – gefolgt von widerhallenden Mädchenschreien: „Stirb, stirb, stirb!" John ging hinter den tragenden Säulen in Deckung. Sie erzitterten. Gesplittertes Holz flog an John vorbei. Die Erschütterungen stoppten jedoch abrupt. Langsam schielte John aus seiner Deckung hervor. Die Halle war komplett leer gefegt. Auch das Mädchen war verschwunden. Er drehte sich wieder um und erschrak. Das Mädchen war hinter ihn gelangt und rannte schon auf ihn zu. Dann erlitt John wieder einen Tiefschlag – direkt mit dem Kopf in seine Weichteile. Doch er blieb standhaft. Stattdessen taumelte das Mädchen leicht benommen zurück. „Eierschutz." John klopfte amüsiert auf die harte Schale. „Ich lerne langsam dazu, was?" Dann bog er rücklings ab und sprintete zu den leidenden Eltern. Bevor er bei ihnen war, hörte er wieder das kleine Mädchen. „Finger weg, Herr Stephom." John sah hinter sich und schneller wieder vor sich. Wo war das Mädchen jetzt? Als das Kreischen ertönte, konnte er die Geräuschquelle schneller orten. Doch da war es zu spät. Lars war die hohe Decke hinaufgeklettert und stürzte sich mit ausgefahrenen Knochen auf John. Aber dieser war nicht unterzukriegen. Er packte den kleinen, zappelnden Körper noch im Flug und warf ihn gegen die nächste Säule. Die Wucht brachte sie direkt zum Einsturz. Das Kind erhob sich aus Staub und Stein, riss eine ganze Säule von ihrem Sockel und schlug mit der gigantischen Steinkeule nach John. Im letzten Moment duckte sich John und der Stein traf seines Gleichen. Weitere Stützen zerbröckelten. Erste Brocken lösten sich von der Decke und schlugen auf den verwüsteten Boden. Auch die großen Kreuze wackelten bedrohlich und deuteten an, die ausblutenden Eltern frühzeitig in den Tod zu stürzen. Bevor John aber nur einen Schritt auf sie zugehen konnte, stand Lars wieder direkt vor ihm. Die gezackten Arme des Mädchens durchbohrten den Helden. Seine Beine kippten zur Seite und er fiel auf den Rücken. Sofort war Lars auf ihn geklettert und richtete die scharfen Knochen auf seine Kehle.

>> „Stirb!" <<

Das Mädchen verschluckte sich. John zog seine Finger aus ihrem Mund. Er verpasste dem besessenen Kind einen Stoß und es flog in den Lichtstrahl des brechenden Daches. Was im einen Moment nur ein Keuchen und Husten war, entwickelte sich abrupt zum Kampf ums Überleben. Lars kratzte sich seinen Hals wund, der im Licht anfing, zu glühen. „Was ist das", krächzte das Mädchen. John stand wieder auf und klopfte sich den Staub von Cape und Verkleidung. „Meine Samen." Er zelebrierte seinen stolzen Wortwitz mit einer anzüglichen Hüftbewegung nach vorn. Lars' Augen weiteten sich. „Also genau genommen nicht meine Samen, sondern die von Onkel Rick. Und nicht das, was du jetzt denkst", John winkte ab. „Es sind ein paar Eicheln." Ein weiteres, schlechtes Wortspiel verkniff er sich. John öffnete seine Hände. Darin befanden sich weitere Samen eines sehr alten Eichenwuchses. Es war keine Bibel, keine lateinischen Worte oder andere Artefakte aus menschlichen Kulturen, sondern die Natur, die den Dämon austrieb. Licht und Spross bildeten die Energie der Schöpfung – das pure Sein. Lars hatte keine Chance. Enricos Geschenk hatte sein Schicksal besiegelt. Die Knochenauswüchse zogen sich zurück unter die Haut und nahmen ihre natürlichen Funktionen wieder auf. John nahm die restlichen Eicheln in beide Hände und konzentrierte sich. Die Samen des gleichen Urbaumes reagierten aufeinander. Schwarzer Dunst kroch aus allen Poren des rothaarigen Mädchens. Er sammelte sich zwischen den beiden Widersachern, wirbelte wild im Kreis und formte eine schwarze Materie. Das kleine, schwarze Loch zehrte kurz an der Gravitation von Stein, Holz und Fleisch. Doch dann fiel es in sich zusammen und implodierte. „Ach, so sieht das aus." Dieses Vorhaben hatte in Enricos Worten viel komplizierter, aber auch weniger schmerzverbunden geklungen. Das Mädchen blieb ohnmächtig zurück. Noch arbeitete die Zeit aber gegen ihn. Das schwarze Loch hatte die übrigen Mauern der Kathedrale gelockert und die brüchigen Stellen angegriffen. Bevor John einen Gedanken an die Rettung der sterbenden Eltern verschwenden konnte, löste sich ein großes Stück des Daches und zielte auf das Kind. Sofort hechtete er nach vorn und hüllte das Mädchen als menschliches Schild ein. Johns klaffenden Wunden heilten bereits. Trotzdem hatte er nicht mehr genug Kraft, um die Wucht des zerfallenden Gemäuers zu überleben. In diesem Moment war es aber nicht sein Leben, das zählte, sondern das von Mutter, Vater und Tochter ... *1? 2? 3?* Zuerst sah er das Licht am Ende des Tunnels – das Sein – Schwärze verschlang ihn aus der anderen Richtung – dazwischen war Nichts. Als er sich für eine Richtung entschieden hatte, wurde es dunkel.

ZWISCHENWELT

„Alles was du direkt an Haut und Fleisch trägst, bleibt bei dir und hilft dir, dich zu erinnern. Die Zwischenwelt zerrt an deinen Gedanken. Versuche, nicht zu vergessen." Enricos Worte und die Eicheln in seinen Händen, waren das Erste, was ihm in den Sinn kam. Als nächstes setzte die Atmung ein, Rauch und Schwefel füllten seine Lungen. Er konnte den Gestank sogar schmecken. Klagelieder drangen an seine Ohrmuscheln. Schlagartig öffnete er seine Augen. Die Welt brannte. Seelen waren hier und dort in verschiedenste Folterinstrumente gespannt. Sie wurden gefoltert, folterten sich selbst oder wurden gefoltert, während sie folterten. In all dem Überdruss hieß ihn ein großes, hölzernes Ortsschild willkommen.

\>\> Fegefeuer \<\<

John lächelte. Und er war wohl der Erste, der bei diesem Anblick eine positive Miene aufsetzte. Er war wieder zurück. Und wie immer fügte sich sein Auftritt nicht ins Geschehen. John richtete sein weißes Kostüm – oder zumindest das, was davon übrig war. Dann steckte er die Baumsamen ein und stapfte los. Wie ein Clown auf Stelzen, nur ohne Stelzen, näherte er sich mit großen Schritten seinem letzten Ziel – dem großen Hochhaus im Zentrum.

Von der Bühne des Horrors aus konnte er sehen, dass dem hohen Gebäude etwas an Größe fehlte. Das Dach war abgerissen worden und die Wände grob herausgebrochen. Zwischen den Zacken des gekrönten Daches tummelte sich so manches, in der Ferne Unerkenntliches. John erreichte den Eingang, ebenfalls eingerissen und weit offen prangend. Was Illusion und was tatsächliche Schändung oder Randale waren, konnte John nicht mit Sicherheit sagen. Für die unwissenden Seelen war dies aber die neue Realität. Phils Spukwelt war vollkommen.

\>\> Aufzüge außer Betrieb. \<\<

Johns Lächeln lichtete sich abrupt. Hatte er sich das Fegefeuer auch ins letzte Detail genauso vorgestellt, hatte er mit den defekten Aufzügen nicht mehr gerechnet. Manches wird sich nie ändern, dachte er sich. Zu seiner Überraschung blieb der Gedanke unausgesprochen. Nach dem halben Weg konnte er sich aber ein „Beschissene Treppen" nicht verkneifen. Natürlich musste sein Erzfeind auf dem provisorischen Dach des – nun nicht mehr ganz – 20 stöckigen Gebäudes auf ihn warten: So Johns Vermutung.

Schließlich war es soweit. Am Ende des nächsten Treppenaufstiegs konnte er den düsteren Himmel sehen. Schwarze Wolken gebaren rote und blaue Blitze, welche wiederum um das Wohlwollen des neuen Teufels kämpften. Er war fast ganz oben. John erklomm die erste Stufe, daraufhin die nächste. Ein neues Gefühl übermannte ihn. Es war Angst – nicht um sich selbst – nicht um diese Welt – sondern um Viola. Seine Augen linsten langsam nach oben. Auf dem gezackten Dach wirkte seine obere Kopfhälfte klein und verloren. Beim Anblick einer alten, längst vergessenen Fantasie, sprang er ohne zu überlegen aus seiner Deckung. Es war der Parasit, der die – zu einer anderen Zeit gut geglaubte – Szene ruinierte und John erzürnte. Es war Phil!

Im Körper seiner Freundin saß er breitbeinig auf einem dunklen Thron. Violas Brüste lagen frei. Ihren Leib zierten nichts weiter, außer spitze Ketten und leichter Federschmuck. Sie sah gleichzeitig anmutig sowie barbarisch aus. Silvias Hinterteil reckte sich John entgegen. Sie war komplett nackt und arbeitete mit ihrer Zunge in Violas Schritt an deren Höhepunkt. Leises Schmatzen, übertönt von den gequälten Rufen ihrer Zuschauer, drang an Johns Ohr. Beinahe hatte er sich in dem Schauspiel verloren. Die Deckung hinter sich gelassen, schlossen sich alle Synapsen wieder zu einem Gedanken zusammen: „Genug!"

Violas entspannter Gesichtsausdruck verkrampfte sich schlagartig. Doch dann lächelte sie. Ihre Hand glitt auf Silvias Kopf und drückte sie gewaltsam zur Seite. Der nackte Körper prallte seitwärts auf den Boden. Langsam neigten sich auch

Silvias Augen und ihre Vorderseite zu John. Auch die frühere Sekretärin erkannte ihn sofort. Sie sah nicht sehr glücklich aus.

„Oh, Johnny", ertönte der altbewehrte Vorwurf aus Violas Mund, welche ihre Beine nicht ein Stück zusammenzog. Die gebrannten Worte waren nun das Einzige, was zwischen Phil und John im Raum standen. Sie hatten sich nichts mehr zu sagen. Ohne eine lange Rede von Schurke oder Held, Antagonist oder Protagonist, Dämon oder *Mumie, Mensch, Verrückter* – was auch immer – begann der Showdown.

John rannte auf den Diener des Nichts zu. Schnell wurde er von einem Schattenblitz gestoppt, einer Fähigkeit, die Phil sein Eigen nennen durfte. John kam ins Straucheln. Die übrigen Eicheln in seiner Hand lockerten sich. Ein zweiter Schattenblitz ließ Muskeln und Nerven zusammenzucken. Seiner Sturheit und neu erworbenen Robustheit allein, verdankte John, überhaupt noch auf den Beinen zu stehen. Allerdings verhielten sich die Baumsamen anders. Als sich seine linke Hand unabsichtlich öffnete, fielen die kleinen Eicheln auf den Boden. Es klackte einige Male. Erst jetzt erhob sich Phil aus seinem Thron. Der leicht bedeckte Frauenkörper baute sich vor dem weißen Helden auf. Johns Maleranzug, Cape, Einweghandschuhe und Stiefel sahen mittlerweile nicht nur mitgenommen aus, sie glichen teilweise nur noch Fetzen und Resten. „Du überraschst mich immer wieder, Johnny." Der Held näherte sich, wild entschlossen, seinem Ziel. Dann schleuderte Phil seinen dritten Blitz. Dieser traf Johns rechte Flanke. Die restlichen Eicheln fielen gen Boden. Um John jegliche Hoffnung zu nehmen, verdunkelte Phil den, ohnehin schon düsteren, Himmel. Konturen wurden nur noch durch das Licht der Portale und entfernte Feuer deutlich. „Licht und Samen, das heißt Enrico lebt noch", schlussfolgerte Phil. Ohne die Wahrheit zu verraten oder einen dummen Spruch einzuwerfen, stellte sich John dem aussichtslosen Kampf. Die Situation ließ den vorlauten Helden fürs Erste schweigen. Auch wenn es ihm schwer fiel – er würde den Dämon aus seiner Geliebten rausprügeln müssen. John erwartete den nächsten

Schattenblitz. Doch dieser blieb aus. Phil ließ es sich nicht anmerken, aber er hatte seine Ladungen beinahe verbraucht. Diese Mengen an Energie zehrten sogar an seiner Ausdauer. Sie ballten beide ihre Fäuste – die hellhäutige Frau und der weiß kostümierte Mann standen sich nun, durch ihre Konturen gezeichnet, gegenüber. Dieses Mal machte Phil den ersten Schritt. Der Frauenkörper raste auf John zu. Die Brüste wippten bei diesem Tempo erregend schnell auf und ab. Der erste Schlag ging ins Leere. Dieser war jedoch eine Finte gewesen. Die folgende Rechte traf John mitten ins Gesicht. Mit der Kraft von zehn anstürmenden Elefanten prallten Knochen auf Knochen. Johns Kiefer verzog sich und hinterließ eine entsetzliche Fratze – noch entsetzlicher wie sie ohnehin schon war. Nachdem sich der Kiefer wieder unnatürlich schnell eingerenkt hatte, war sein Unterleib dran. Er steckte einen weiteren Schlag ein. John krachte auf die gefolterten Opfer, die rings herum an den kaputten Wänden hingen. Die Bruchteile der Wand hielten der Wucht nicht stand und fielen mitsamt zweier Seelen in die Tiefe. Erst jetzt registrierte John die gequälten Geschöpfe. Jedes Schicksal war besser, als dieses. Sich von dem Abgrund fernhaltend, riss John einen nackten Mann von der Wand und warf ihn mit der Leichtigkeit eines kleinen Sackes Reis nach Phil. Völlig überrumpelt von Schnelligkeit, Kraft und Irrsinn, wurde Phil von dem fliegenden Körper getroffen. Er stürzte recht unsanft und landete neben Silvia, die immer noch auf dem kalten Boden lungerte. Er würdigte sie keines Blickes und rappelte sich gleich wieder auf. Schon flog der zweite Körper auf ihn zu. John war verrückt geworden – Korrektur: John war verrückter denn je. Aber er wusste, dass die Art der Folter hier keinen Unterschied mehr machte. Und ein schneller Tod würde diese Seelen vielleicht sogar erlösen.

Um Haaresbreite konnte Phil dem nächsten Flugobjekt ausweichen. Auf allen Vieren gelandet, stemmte er sich mit einem Ruck auf die Hinterläufe. John war aber schon heran genaht und packte den Frauenkörper von hinten. „Viola! Ich weiß dass du da drin bist. Du bist stärker als dieser Haufen Scheiße."

Phil wehrte sich vor der Umklammerung. Er kratzte, drückte, zappelte und trat um sich. „Viola – kämpf! Mach schon." Wenn John gläubig gewesen wäre, hätte er gebetet. So blieb ihm trotzdem noch die Hoffnung. Und in diesem Moment war sie stärker als alles andere. Plötzlich erschlaffte der Frauenkörper. „Viola?"

John lockerte seinen Griff etwas. Sein Herz raste. Konnte es möglich sein? Hielt er nicht mehr den Dämon, den Diener des Nichts in den Armen sondern seine Angebetete, seine große Liebe? Auf einmal kämpfte Phil wieder wie wild. „Du Narr." Kurz lachte er. Doch das Lachen verging ihm genauso schnell, wie es gekommen war. Er hatte sich nicht befreien können. „Ich hatte doch noch gar nicht losgelassen." John konnte sich ein Schmunzeln nicht verkneifen. Auf den klassischen Trick war er nicht reingefallen. Er konnte die kurzweilige Euphorie aber nicht halten. Johns Kraft und Hoffnung ließen gleichermaßen nach. Dann löste sich die Frau selbstständig aus der Umklammerung und stieß John zur Seite. Kurz darauf riss Phil einen der angeketteten Menschen von der Wand. Er nahm keine Rücksicht auf die Ketten, die Hände sowie Füße davon abhielten, zu entkommen. Sie blieben als lose, abgetrennte Körperteile zurück. Der schwerfällige Mann lebte aber noch. Phil schlug mit seiner neuen Waffe nach John. Diesen traf der blutende Arm und verpasste ihm eine ordentliche Backpfeife. Orientierung suchend stützte sich John erst auf den Thron im Rauminnern und suchte sich dann eine eigene Waffe. Von den schnellen Schlägen getrieben, fiel Johns Wahl jedoch auf das nächst liegende Opfer – eine alte, mit Falten übersäte Frau. „Oma Sweeny?" Waren die Welten nicht klein? Ein Herzinfarkt hatte die alte Kräuterhexe gerade neulich dahingerafft – kurz bevor sie ihr neues Gift an einem weiteren Nachbarskind testen konnte. Etwas behutsamer, aber trotzdem grob und mit notwendiger Eile, brach er die Ketten aus der Wand und packte ihre Füße. Der Kopf schlug heftig auf dem Steinboden auf. Sie wurde aber nicht ohnmächtig.

Den nächsten Hieb parierte John mit seiner lebenden Keule. Mit den Menschen prügelten John und Phil unerlässlich auf sich ein. Die alte Frau schrie, der bullige Mann kreischte. Als ihre Köpfe einmal zusammenstießen, schwiegen sie – für immer. John hatte mit seiner Wahl durch Gewicht und Größe einen Nachteil. Trotzdem war er wendiger und konnte Phil einige Male mit der Alten treffen. Sie lieferten sich ein erbittertes Duell. Weitere Wände und Menschen verabschiedeten sich, der tiefe Abgrund schien oft gefährlich nah. Schließlich wurde John hart getroffen. Ein verschwitzter, haariger Bauch klatschte in sein Gesicht und er fiel zu Boden. Sofort kam Phil herangenaht, warf seine Waffe weg und stürzte sich auf seinen Feind. Das Ende stand kurz bevor.

Der halbnackte Körper seiner Freundin robbte über John. Doch genießen konnte er es nicht. Der Dämon in ihr meldete sich zu Wort: „Johnny, Johnny", er ließ den letzten Vokal lang auf der Zunge zergehen. „Jetzt wirst du endlich sterben." Der zierliche Körper lastete unnatürlich schwer auf John. Er lag auf dem Rücken und konnte sich nicht befreien. „Ich will dein Gesicht sehen." Phil schnippte mit den Fingern. Der schwarze Himmel lichtete sich ein wenig und ein einzelner Strahl leuchtete auf die beiden Todfeinde. John reagierte blitzschnell. Unter seiner linken Hand lag eine der verlorenen Eicheln. Dem Duell von Lars und ihm gleichend, zuckte die Hand nach vorn, um den Samen zu platzieren. Und dann ...

Dann passierte es. Phil ... Der Diener des Nichts ... Er parierte. Die Eichel wurde davon geschleudert, rollte davon und fiel in den Abgrund. Johns Freundin grinste und würgte ihn. Von hinten näherte sich Silvia ganz langsam. Während John um Atem rang, legte sich die Dienerin auf die beiden drauf und verstärkte den Druck auf Johns Lungen. Zärtlich streichelte sie Phils weibliche Rundungen. Sein dämonisches Lächeln wurde immer breiter. John würde sterben, und sie würden es auf seinem Leichnam treiben. Silvias Hand glitt tiefer und streichelte jetzt Phils blanken Hintern. „Ja, Baby." Es folgte ein leises, kaum hörbares Schmatzen. Und plötzlich verging Phil das Grinsen. Silvia sprang zurück auf ihre Beine. Phil lockerte seinen Würgegriff und tat es ihr gleich. „Was hast du getan", schrie der wütende Diener und griff sich an sein Hinterteil. Er fluchte und glühte. Erst jetzt konnte John die Lage deuten. Silvia hatte eine Eichel direkt in Phils Arsch platziert. Die Austreibung nahm ihren Lauf. Phil schwitzte. Er transpirierte dunklen Dunst. Bevor es zu spät war, fasste er die Verräterin ins Auge. Silvias Züge hatten sich gelockert. Sie wirkte weniger verkrampft und nicht mehr unterwürfig. „Bevor du auf der Erde warst, erlösten wir gequälte Seelen. Das Nichts war niemals böse oder schlecht. Und es war schon gar keine Hölle oder ein Fegefeuer – im Gegenteil – eben diese Welten sollten durch uns niemals entstehen. Das habe ich leider zu spät erkannt." John lag weiterhin erschöpft am Boden und betrachtete die frühere Sekretärin in einem neuen Augenlicht – ebenso die Diener des Nichts. „Du blöde Schla …" Phil fehlte die Kraft. Alles was ihm blieb, steckte er in einen letzten Schattenblitz. Er würde mit diesem aus seinem Wirtskörper verschwinden. Die schwarze Masse flog auf ihr Ziel zu. Sie traf Silvia, die mit dem dunklen Blitz in ein Portal geschleudert wurde. Es war das schwarze Portal – das Nichts.

Viola klappte zusammen. Die Wolken schoben sich noch weiter auseinander und erhellten den Augenblick. John vergaß Schmerz und Erschöpfung. Er krabbelte auf allen Vieren zu seiner Geliebten. Dort kniete er sich hin und bettete den zierlichen Oberkörper auf seinen Schenkeln. Behutsam strich er ihr durchs mittellange, braune Haar. Sie regte sich nicht. John pustete ihr kräftig ins Gesicht – etwas Speichel begleitete seine feuchte Ausatmung. Ohne Absicht tröpfelte ein feiner Sprühregen auf Violas Wangen. Dann zuckten ihre Wimpern. Sie sah ihn mit gläsernen Augen an. Eine Weile lang lag sie einfach nur in den Armen ihres merkwürdigen Helden und beide schwiegen, teilten nur die Blicke des Gegenübers. Viola musste ihre Zunge erst wieder unter Kontrolle bringen, dann unterbrach sie sanft die unangenehme Stille: „Silvia hatte recht." „Wie meinste das?" „Das Nichts kann auch Erlösung sein." John wunderte sich über ihre Worte. „Möchtest du ihnen gleich hinterher springen? Nach allem was …" Viola legte ihren schwachen, zittrigen Finger auf seine Lippen, sodass er inne hielt. „Dieses Schicksal würde ich wählen. Gerade nach dem, was passiert ist. Ich möchte aber nicht, dass andere das Gleiche durchmachen müssen oder schlimmer noch, auf ewig solche Qualen leiden. Ich bleibe hier und werde eine Dienerin des Nichts." „Dann bleibe ich bei dir. Das Paradies ist aber eher mein Fall. Ich werde mich als so ein komischer Hüter versuchen." Viola schien ihre neue Weisheit mit Löffeln gegessen zu haben. Phil hatte seine Spuren hinterlassen – zum Bösen wie zum Guten. Wer sich aber gänzlich aus seinem dunklen Kokon befreit und neu entfaltet hatte, war John – vom Bösen zum Guten (mehr oder weniger). Hier hätte die Odyssee enden können. John hatte seine Frau zurück erobert und sogar ein Thron wartete auf sein knochiges Gesäß. Gleichzeitig vermisste er schon jetzt seine kurze Zeit als Held. Er drehte den Kopf und sah zu dem blauen Portal. Zur selben Zeit schlossen sich Tochter, Mutter und Vater auf der Erde in die Arme und beteten zusammen für ihren verstorbenen Retter. Dann wurde John plötzlich aus seiner Trance geworfen und blickte zu einem anderen Portal. Vögel pfiffen. Vier Spatzen hatten sich auf diesem Portal niedergelassen – einer fetter als der Andere. Doch der Dritte schien seine gefiederten Kameraden um ein Doppeltes an Körperfülle zu übertreffen. Sie sangen weiter und John war der Meinung die Wörter „das", „ist", „dein" und „Paradies" zu verstehen. Auf einmal glaubte John, die Gesichter der vier Hüter des Seins Chulio, Enrico, Beppe und Libero in den Spatzen zu erkennen – Beppe war der Dicke. Erst jetzt fiel ihm das Portal des Seins auf, dass nicht mehr weiß, sondern rot leuchtete. Alles um ihn herum verschwamm und zerrte kurz an der Realität. Doch zunächst juckte es ordentlich unter seinem Sackpanzer und John kratzte genüsslich sein rechtes Ei.

Zu guter Letzt zählte nur das Eine:
Er hatte einen Juckreiz weniger.

>> Ende? <<

Epilog

Wenn Fegefeuer und Hölle
ewig Bruder und Schwester sind,
wäre der Vater vielleicht
das Jenseits im Leben zu kennen?

Die Zeit verging schnell. John und Viola waren sehr beschäftigt. Da waren der Widerauſbau der Zwischenwelt, verlorene Seelen und die lang ersehnte Rückkehr des Liebesspiels – welches nach Violas traumatischen Erlebnissen lange auf sich warten ließ. John entdeckte das volle Potenzial seiner Fähigkeiten. Nun konnte er ebenso wie Diener und Hüter die Zwischenwelt nach eigenem Ermessen formen – was einen wahnsinnig bunten Kosmos mit Regenbögen und bunten Einhörnern zur Folge hatte. Trotzdem blieben die Fabelwesen nur Pferde und Mauern nur Mauern, die wieder aufgebaut werden mussten. Trotzdem war es eine schöne Zeit. Immer wieder blieben Johns Augen allerdings an dem rot leuchtenden Portal hängen. In seiner Vorstellung hätte das Paradies genauso ausgesehen. Hatten die seltsamen Vögel womöglich Recht gehabt? Nacht für Nacht blieb er länger vor dem Dimensionsübergang stehen – verweilte dort. Langsam aber sicher verschlangen ihn seine Gedanken. Er schlief nicht mehr, aß nicht mehr. Von den irdischen Ansprüchen war er zwar losgelöst, trank aber nicht einmal mehr ein Bier zum Vergnügen. Er verlor sich in einer surrealen Lebensweise. Viola bat ihn immer öfter, zurück in ihr warmes, kuschliges Bett zu kommen. Eines frühen Morgens streckte er seine Hand in das rote Licht. Es war heiß und zwickte. Hinter dem veränderten Portal des Seins wartete womöglich die wahre Zwischenwelt, die echte Frau, die niemals vor den ewigen Qualen gerettet wurde. Andererseits konnte ihn ein einziger Schritt auch aus seiner neuen Realität tilgen. Doch es half nichts. Seine Besessenheit war von psychologischer Natur. Seine Fußsohlen wippten vor und zurück. Einmal brachten sie ihn aus der Gefahrenzone, dann wieder gefährlich nah ans Licht. In einer Richtung würde es enden und somit neu beginnen. Denn das Wissen über das Leben nach dem Tod forderte schlussendlich seinen Tribut. In alle Ewigkeit erwarteten ihn die bekannten Worte: *Oh, Johnny.*

Und damit setzte er einen Punkt an das Ende seiner Geschichte.

>> . <<

Joel Müseler

Über den Autor:
Joel Müseler, geboren 1992 in Stuttgart, studierte Informationsdesign und arbeitete anschließend im Bereich Koordination und Produktion Video. Ist zufällig beim Schreiben gelandet und kann jetzt nicht mehr damit aufhören, Unsinn zu produzieren. Er lebt und arbeitet für immer in Stuttgart.

Besucht mich unter
www.joelmueseler.de